法曹一路

中尾巧
Takumi Nakao

中央公論新社

ブルージュ・聖母教会

ノルウェー遠望（ベルゲン付近）

ブリッゲン歴史地区

トロンハイム運河

ガイランゲルフィヨルド

アムステルダム運河

パリ遠望

霧島連峰

長門海岸

香嵐渓の紅葉

はしがき

今や、世界はコロナ禍で非接触社会の様相を呈している。

人や社会との接点が減り、寂しさや不安を感じて悩みを抱える人は少なくない。

人々は人に支えられ、人と繋がって生きていることを改めて実感した。

今を生き抜くヒントを求め、書店に足を運ぶ人も多い。話題書コーナーには「在宅ひとり死のススメ」「ひとりをたのしむ」「孤独のすすめ」などのタイトル本が並ぶ。動画サイトの「YouTube」の利用者も増えているとも聞く。一人暮らしが本当に良いものだろうかと疑問が湧く。私は妻との暮らしに満足しているが、それでも人が恋しい。人と触れあいたいと思う。

かつて検察官として全国規模で転勤を繰り返し、赴任地の風土や人情に触れながら、忘れられぬ思い出と共に素晴らしい知己を得た。お世話になった方も数知れない。コロナ禍の生活を余儀なくされ、往時を懐かしむことが多くなった。

かく言う私は、退官後弁護士登録をし、既に一〇年余経過した。その間、企業の社外役員や法律顧問等を務め、その傍ら、刑事司法や企業法務の話題、折々の関心事、旅の思い出などを書き記し、雑文を「千里眼」「草莽の寄合談義」「国際人流」「法曹」等に寄稿してきた。

これらの雑文に加筆・修正を施して取りまとめ、『検事長余話』『検事長雑記』『法曹漫歩』の三冊を上梓した。本書はその続編である。法的センスを修養し、コロナ禍の今を生き抜くヒントを見出す一助になれば幸いである。なお挿画等は私が描いたものを使い、巻末に解説を付けた。

本書の出版に当たり、中央公論新社書籍編集局ノンフィクション編集部の永井草二さんに大変お世話になった。ここに記し、厚くお礼を申し上げる。

中尾　巧

法曹一路——目次

カバー画・挿画・写真／著者
装幀／中央公論新社デザイン室

法曹一路

宮中儀式・行事を垣間見て

令和二年一一月八日、秋篠宮文仁親王が皇嗣《こうし》（皇位継承第一順位）となられたことを内外に宣明する「立皇嗣の礼」が執り行われ、一連の儀式が終了した。

現在の皇室の現状等を考えると、近い将来、安定的な皇位継承が困難になる事態が想定される。

小泉政権下では、有識者会議が「女性・女系天皇」の容認などを柱とする報告書を提出していた。平成二九年六月には、天皇陛下の退位等に関する皇室典範特例法が成立し、その付帯決議では、政府は安定的な皇位継承を確保するための諸課題や女性宮家の創設等について検討を行い、速やかに国会に報告することを求めていた。

その後、議論は停滞したままだった。

ようやく、政府は令和三年三月二三日、安定的な皇位継承策を検討する有識者会議の初会合を開いた。会議のメンバーは学識経験者や財界人ら男女三人ずつ計六人。座長は前慶應義塾長の清家篤氏に決まった。

主な論点は①皇位継承の範囲②女性・女系天皇の是非③女性宮家の創設④旧宮家の皇籍復帰などとみられる。今後、皇室制度や日本史の専門家から意見を聞き取る作業を通じて論点を整理する。政府は有識者会議が取りまとめた論点整理を踏まえ、国会に検討状況を報告するという(同月二四日付け日本経済新聞等)。

いずれにせよ、令和の時代における皇室の在り方について国民的な議論を尽くす時期に来ていることは間違いない。

そこで、少しでも参考になればとの思いから、平成二八年五月ヒューマン・スマート経営講演会における「検事長と宮中儀式・行事」と題する私の講演の一部を紹介したい。

なお、以下の講演で天皇陛下と申し上げているのは現在の上皇陛下のことである。

＊＊＊

私は大阪地検検事正等を経て札幌・名古屋・大阪の各高検検事長を務め、平成二二年六月に退官しましたが、検事長在任当時、宮中で執り行われる「新年祝賀の儀」をはじめ、幾つかの宮中儀式や行事に出席する機会を得ました。

本日はその一部をお話ししたいと思います。

宮中儀式・行事に出席して、いわば非日常の経験をさせていただいたと思っています。現在は価値創造の時代だといわれています。企業もいかにして新しい価値を見出し、あるいは創造する、それは企業が持続的に成長していくためには必要なことです。非日常の経験は発想を転換し、新しい価値を見出すための源泉になるのではないでしょうか。

あるヒットメーカーの担当者の話を紹介します。

その方が言うには、ヒットの秘訣は引き出しの多さにある。どれだけ多くの引き出しを持っているかがカギになる。その引き出しが新しい価値を見出すきっかけになる。常日ごろから引き出しを一つでも多く持つよう心掛けなければならないというのです。

今でも、そのことが強く印象に残っています。その意味でいいますと、非日常の経験もこのような引き出しの一つになるのではないでしょうか。今日お話しすることが、皆さんにとっても一つの引き出しになれば幸いです。

検事長について

さて、皆さんの中で検事長について正確に知っておられる方は、おそらく少ないと思います。私自身、検事長が一般に知られていないことを実感したことがあります。それは私が名古屋高検検事長のときでした。

当時、名古屋高検に広報を担当する優秀な女性係長がいました。彼女は裁判員制度の広報のために中日ドラゴンズの球団関係者と面会し、ナゴヤドームのオーロラビジョンを使って裁判員制度の広報をさせてほしいとお願いしたのです。

すると、球団側から、逆に「検事長さんにドームで公式戦の始球式をやってもらったらどうですか」とのお話がありました。予想外のことでしたが、有り難く提案をお受けし、早速、西川順之助球団社長とアポを取り、お礼を申し上げました。

球団側からは「社会貢献ということですので無料で始球式を提供します。セ・パ交流戦での日ハム戦、ソフトバンク戦、オリックス戦のほか、……戦の四試合の中から選んでください」との連絡がありました。

私が女性係長に四試合のうちどの試合がいいのかと聞きますと、「検事長、日ハム戦に決まっているでしょう。ダルビッシュが登板するかも知れませんよ。とても楽しみです」と答えました。

「それなら日本ハム戦でお願いしよう」と返事したのですが、偶々《たまたま》、その日は私どもの公式行事が入ったため、日ハム戦は断念し、ソフトバンク戦で始球式をすることになりました。

実は、私は大阪府立三国丘高校の硬式野球部員でした。三国丘高校は公立校ですが、昭和九年と昭和五九年に甲子園に出場しています。

私のころの大阪は激戦区で、ＰＬ学園、浪商、明星、興國など強豪揃いでした。甲子園出場は夢のまた夢でした。それがまさか、私がナゴヤドームでプロ野球交流戦の始球式のマウンドに立てるとは想像もしませんでした。

平成二〇年五月二五日、私はナゴヤドームで始球式に臨んだのですが、中日ドラゴンズのホームゲームの第一戦だったこともあって、観客は三万人を超えていました。

始球式の前に「名古屋高検の検事長……」と、私を紹介する場内アナウンスが流れた途端、観客は「一体、誰なの？」という感じになって場内はシーンと静まり返りました。そのときに検事長が一般に知られていないことを実感した訳です。

本題に戻ります。まず検察の組織から説明します。

検察は最高検察庁（最高検）を頂点とするピラミッド型の組織です。最高検の下に、全国に東京・大阪・名古屋・広島・福岡・仙台・札幌・高松の八つの高等検察庁（高検）が、更にその下に五〇の地方検察庁（地検）があります。大阪高検は、管内の大阪、神戸、京都、大津、奈良、和歌山の六地検を管轄しています。

高検のトップが検事長ですので、検事長は八人います。いずれも認証官です。

認証官は内閣が任命して天皇が認証する官職です。認証官は、検事長のほか、国務大臣、宮内庁長官、検事総長、次長検事、最高裁判事、高等裁判所長官、特命全権大使などですが、財務・法務等各省の事務次官は認証官ではありません。

検事長は、認証式に臨むほか、新年祝賀の儀、天皇誕生日宴会の儀などに招かれます。陛下に言上して食事を共にさせていただくこともあります。それから春や秋の園遊会にも招かれます。

宮殿の各棟・各室について

宮殿の各棟・各室について、資料の「宮殿の各棟・各室等の名称」（宮内庁ホームページ「皇室関連施設」より）で説明します。

正殿棟には、中央に松の間、左右に梅の間と竹の間があります。松の間は、一番大きくて最も格式の高い部屋です。床はヒノキの板張りで、歩くとコツコツと音がします。正殿竹の間は竹色の絨毯が、正殿梅の間は淡い桃色の絨毯が敷かれています。

正殿棟の前に中庭があって、左右に紅白の梅の古木が植えられています。二月頃には、とても綺麗な梅の花を見ることができます。

長和殿には、北の間、石橋《しゃっきょう》の間、春秋の間、松風の間、波の間があります。長和殿のガラス張りのベランダは、一月二日や天皇誕生日の一般参賀で使用され、天皇皇后両陛下や皇族の方々が賀詞を受けられます。長和殿の北側に北溜《きただまり》、南側に南溜があります。

次に豊明殿ですが、五〇〇〜六〇〇人が収容できる大広間です。天皇誕生日宴会の儀などはここで行われます。

宮殿の各棟・各室等の名称の図

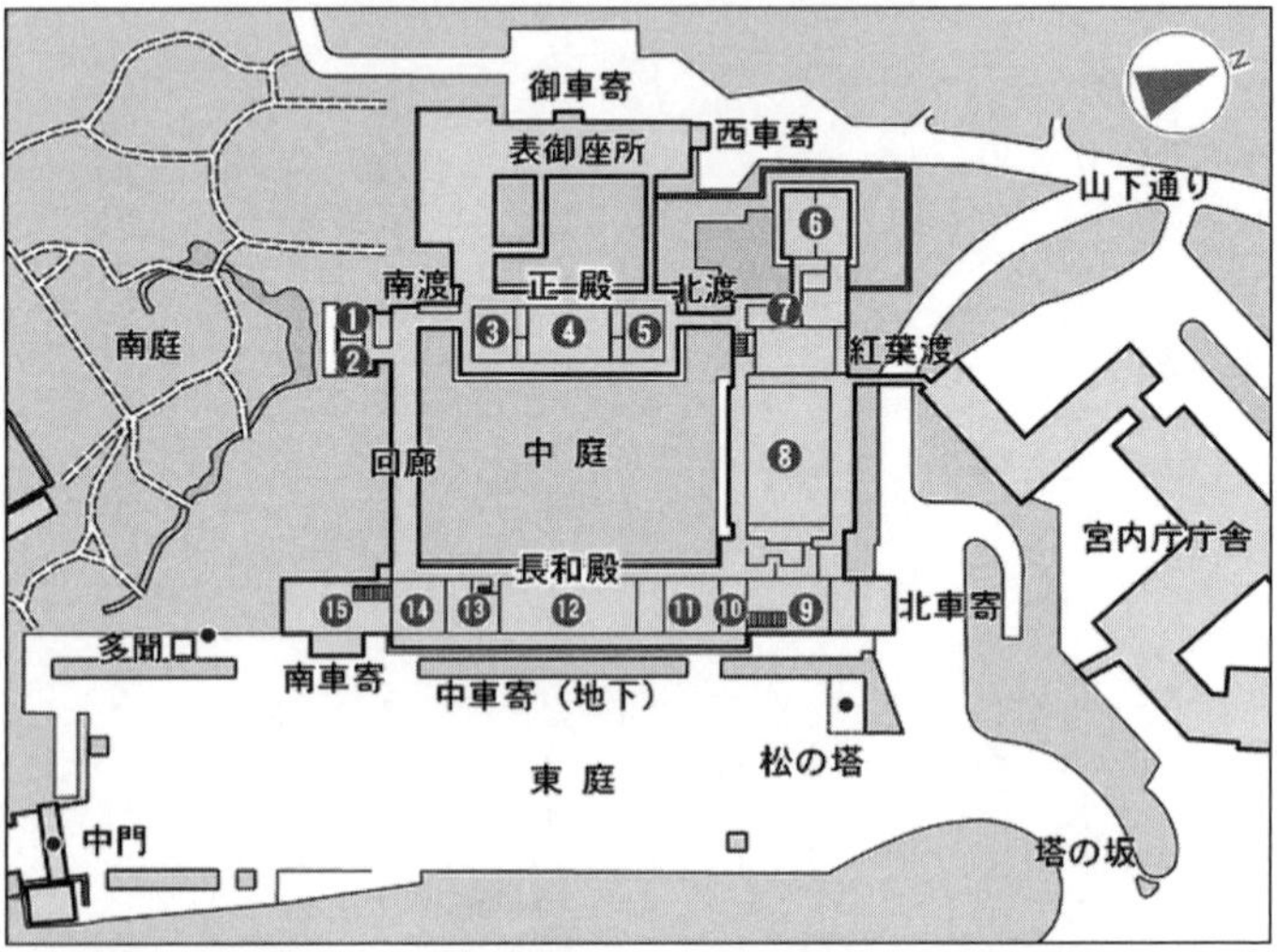

❶ 千草の間
❷ 千鳥の間
❸ 正殿竹の間
❹ 正殿松の間
❺ 正殿梅の間
❻ 連翠の間
❼ 泉の間
❽ 豊明殿
❾ 北溜
❿ 北の間
⓫ 石橋の間
⓬ 春秋の間
⓭ 松風の間
⓮ 波の間
⓯ 南溜

正殿から北渡を通って奥に行くと、美しい庭が望める連翠の間があります。部屋は、南の間と北の間に仕切られています。

南渡の手前には千草・千鳥の間があります。

認証式について

認証式の当日、私は法務省から宮中に参内すると、全権大使の認証を受ける外交官と共に千草・千鳥の間に案内され、そこで待機を命じられました。

その間、法務大臣が天皇陛下

に内奏されることになっています。内奏が済むと、宮内庁の職員方が墨を擦り始めるそうです。あらかじめ官記（辞令書）は用意されていないからです。

天皇陛下が官記に毛筆で御名を記され、御璽《ぎょじ》を押された後、墨や朱が乾くのを待ち、ようやく官記が出来上がるとのことでした。

認証式の前に、千草・千鳥の間から正殿松の間に移動し、認証式のリハーサルを行いました。宮中ではこれを習礼《しゅらい》というそうです。

式部官から所作などの説明を受けました。

例えば、立ち位置とか、官記を受け取った後の所作としては、両手で官記を目の高さに持ったまま三歩後退りをしたあと、回れ右をして廊下まで進み、退室するよう指導されました。

リハーサルが済むと、私達は正殿松の間の前廊下で、天皇陛下が松の間に入室されるまで待機しました。

天皇陛下が入室されると、名前を呼ばれました。再度松の間に入り、陛下の御前まで進み、最敬礼をして官記を法務大臣から受け取りました。

陛下からは「重任ご苦労に思います」というお言葉をいただいて、最敬礼して官記を持って退室しました。

その後、南溜まで移動すると、記帳台には、天皇皇后両陛下別々に和紙で綴った記帳簿が置かれていました。

私は「新任御挨拶　検事長中尾巧」と備え付けの毛筆で記帳しました。

偶々、私の前に小泉総理大臣が「帰朝御挨拶　内閣総理大臣小泉純一郎」と記帳されていました。後日その話を友人にすると「なぜ写メで撮って来なかったの?」などと冗談を言われました。

記帳のあと、南溜の前で記念撮影をして法務省に戻り、法務大臣から「札幌高等検察庁検事長に補する」という補職辞令を受け取りました。

ところで、皆さんは官記というのはどんなものなのか興味があると思います。ほぼA4サイズのものです。高級和紙に「検事中尾巧を検事長に任命する　内閣」と毛筆で書かれていて、「明仁」と御名があり、御璽が押されています。天皇の公印である御璽は、縦横約九㎝の角印で、「天皇御璽」と刻まれているものです。

新年祝賀の儀について

毎年、検事長は、元日に宮中で執り行われる「新年祝賀の儀」に招かれます。

札幌高検検事長のときですが、一二月三一日の夕方に札幌の官舎を出発し、新千歳空港から羽田行きの便に乗って東京に向かい、都内のホテルにチェックインし、翌日の午前中、新年祝賀の儀に出席し、儀式終了後、その日午後二時頃の新千歳行きの便に乗り札幌に戻るという強行日程でした。

検事長在任中、このような慌ただしい年末年始を四回経験しました。

新年祝賀の儀への出席に当たって、事前に宮内庁長官から「検事長中尾巧　令夫人」と記載された招待状が届きます。

私の妻も毎回招待を受けましたが、病弱のため私と一緒に参内したのは一回だけです。残りの三回は私が一人で参内しました。

新年祝賀の儀の服装は決められています。

男性は、燕尾服、紋付羽織袴、これらに相当する制服等（モーニングコートも可）とされていますが、モーニングを着用している人がほとんどでした。女性は、ロングドレス、白紋紋付（色留袖、訪問着）、これらに相当する制服等とされていますが、ほとんどの女性は色留袖を着ておられました。

新年祝賀の儀は、正殿松の間で行われます。午前一〇時から両陛下が皇族の方々の祝賀をお受けになられます。

午前一一時から、内閣総理大臣・国務大臣・副大臣とそれぞれの各配偶者が、そのあとは衆参議院の議長、国会議員らとその配偶者が、そして最高裁長官・判事や高裁長官とその配偶者が、午前一一時三〇分から、検事長らその他認証官、各省の事務次官等とその配偶者が参列し、それぞれの代表者が祝詞を述べ、天皇陛下からお言葉をいただきます。

午後からは各国使節団の祝賀になります。各知事は、在任中に一回、新年祝賀の儀に招かれるようです。

祝賀の儀が終わると、豊明殿に移動し、祝杯を挙げ、お酒とおせち料理をいただきます。祝杯を挙げたお盃は、拝領できます。退出の際に、係の方が白い布でおせち料理と一緒に丁寧に包んでくれます。

お盃は非常に綺麗な白磁です。菊の御紋と鳳凰の金彩が施された比較的大きなもの（径九・五cm、高さ四・五cm）です。

なお、天皇陛下は、元日の午前五時半に宮中三殿の西方にある「神嘉殿」の前の庭で「四方拝」と呼ばれる皇室祭祀（宮中祭祀）を行った後に、新年祝賀の儀にお出ましになるそうです。

お盃

言上と午餐について

私は「言上・午餐」に三回、「午餐」に一回出席することができました。

言上は、検事長がそれぞれの高検管内で発生した事件の捜査・公判活動などについて天皇陛下に申し上げることです。

八人の検事長は甲と乙班の二つに班分けされています。例えば今年甲班の検事長四人が言上すると、その翌年は乙班の検事長四人が言上することになります。

言上は、梅の間で行います。

陛下への言上の際には、陪聴の殿下も同席されます。常陸宮殿下と秋篠宮殿下が隔年交代で陪聴されます。皇太子殿下は陪聴されません。

言上時間は御下問の時間を含め一人で一〇分になっています。御下問の内容は事前に予測できませんので、数多くの想定問答を準備しなければなりません。もとより想定外の質問もあります。

言上が終われば、連翠・北の間に移動し、午餐が催されます。フランス料理のフルコースをいただくのですが、どんな料理なのか皆さんも関心があると思います。

ある午餐のメニューを紹介します。

まず前菜の清羹《せいかん》が出ます。次いで、スッポンのコンソメ、真魚鰹《まながつお》の酒蒸しとスープライス、羊肉の乾酪煮、温野菜、サラダです。私自身、午餐で四回フランス料理をいただきましたが、身体に良いのか温かいものが多かったように思います。

デザートは、冷菓（フルーツ入りのババロア）、果物（りんごといちご）です。ワインは、赤と白（シャトー・カントナック2002、ムルソー2002）でした。

食事をしながらの話題は言上の続きなどいろいろでしたが、鳩山邦夫法務大臣が自らの趣味（蝶の収集）を披露され、場が盛り上がったことを覚えています。

食事後は連翠の南の間に移動し、コーヒーを飲みながら天皇陛下と陪聴の殿下を囲んで歓談します。実際、陛下は小柄なお方なのですが、声は非常に通り、威厳が直に伝わってきます。極めて貴重な時間を過ごすことができました。

なお言上と午餐の詳細については拙書『検事長余話』一二五頁以下を参照してください。

天皇制について

最後に、天皇制について少しお話しさせてもらいます。

日本では天皇制は長く続いていますが、そのこと自体、非常に意義のあることだと思います。昔、アメリカへ在外研究で派遣された折、アメリカの検事から天皇制に関する質問を何度も受けました。アメリカは歴史が浅く、ケネディ家などの名家もありますが、天皇家とは比べようもありません。日本に天皇制があることを羨ましく思っているアメリカの知識人が多いことに驚きました。

天皇陛下は誠実に象徴天皇としての務めを果たされておられると思います。天皇陛下ご

成婚五〇周年の記者会見では、

「『象徴とはどうあるべきかについて』ということはいつも、私の念頭を離れず、その望ましい在り方を求めて今日に至っています」

とのお言葉がありました。

お言葉をもう少し紹介したいと思います。

「私は即位以来、昭和天皇を始め、過去の天皇の歩んできた道に度々に思いをいたし、日本国憲法にある『天皇は日本国の象徴であり、日本国民統合の象徴である』という規定に心を致しつつ、国民の期待に応えるよう願ってきました」、そのあとに先ほどの「象徴とはどうあるべきか……」が続きます。これほどまでに国民を想ってくださっているのです。このことは非常にありがたいことだと思います。

最近の皇族関連の話題に触れますが、東京オリンピックの招致活動では、皇族の高円宮妃殿下の貢献度が高かったといわれています。

高円宮妃殿下の品あるお姿と流暢《りょうちょう》なフランス語と英語でのスピーチがＩＯＣ委員に与えた影響は非常に大きかったと思います。世界に妃殿下の映像やスピーチが放映されたことは、日本国民にとっては大いなる誇りです。

司馬遼太郎の「空に徹しぬいた偉大さ」というエッセイ（『風塵抄』中央公論社刊所収）があります。昭和天皇がお亡くなりになられたときのエッセイです。

「昭和が一瞬で歴史になってしまったのですね。……一つの時代が、去ったのです。皇太子だった昭和天皇は徹底的に憲法教育をうけられた方なのです。その生涯は渾身でもって憲法の人でした。……明治憲法下での天皇という場は、仏教でいう空という哲学概念が法制化されたものと理解したほうがいいかと思います。

憲法上の天皇が空の場にいるということは、政治・行政でのいかなる行為もしないというものでした。……天皇は空に徹し抜かれました。もっとも、ただ一度だけこの空の立場から出られたことがあります。鈴木貫太郎首相以下に示された終戦のご決断でした。天皇としては違憲行為でした。戦後の日本国憲法で、天皇は『象徴』ということになりました。これもまた人類の歴史に経験例のない法的存在でした。それを、ナマミの感情と肉体を持ちながら、みずから法に化したがごとくなしとげられたのです。私どもの涙は、そういう稀有な偉大さにこそ注がれるべきだと思うのです」

改めて日本という国に生まれ育って、今、日本国民であることの幸せを少しでも感じていただければと思います。ご清聴ありがとうございました。

質疑応答

質問者「本日は興味深いお話で、時間を忘れてずっと集中して聞くことができました。ありがとうございます。中尾さんが検事長をなされた人生の中で検察の仕事で成功体験みたいな記憶に残っていることがあれば教えていただけないでしょうか」

私「検察の仕事は、犯罪の捜査をし、適正に法を適用して起訴・不起訴処分をし、そして公判活動を行うことに尽きると思います。残虐な犯罪であってもそれに向き合う仕事です。若い頃は死体解剖に何度も立ち会いましたが、決していいものではありません。ある意味では溝さらいです。何をもって成功といえるのか難しいものです。皆さんが考えておられるような成功体験はないように思います」

質問者「では、どんなところにやりがいを感じられて前に進んでおられるのでしょうか」

私「社会のために誰かがやらなければならない仕事の一つが検察の仕事です。どれだけ被害者に寄り添えるかという難しい問題もあります。具体的な事件の話をするのは差し控えたいと思いますが、一つ間違えれば被害者と被疑者の立場が逆転する事件だってあります。

真相を解明することが難しい事件も少なくありません。そのような事件を捜査するのは大変ですが、その分やりがいもあります。要は、人のために役立つというか、社会にとって必要とされる仕事をさせてもらっている、そのことに誇りが持てるからこそ続けることができたと思っています」

質問者「三八年間、長きにわたる検事生活の中で法律に照らせば、これはやはり当然罪を問わないといけないというようなことは多々あるとは思うのですけれど、その中でこれはやっぱり罪を問うことは理不尽だなあと、そういうことを思われた事案や経験がありましたらお聞かせいただけますか」

私「かなり難しいご質問ですね。本来、罪に問うべきでないものは罪に問うべきではありませんし、そもそも罪に問うていないはずです。検察官は仮に罪を問うことが理不尽だと思えば不起訴にすれば良いのです。検察官はいわゆる独任官庁ですが、その一方で、検察組織ですから一体的に検察権を行使するための決裁制度があります。もっとも、上司の決裁がなくても、担当する検察官が起訴や不起訴にすれば法律的に有効ですが、実務では、決裁なしに起訴や不起訴にすることはありません。要するに起訴すべきでないものを起訴するとか、不起訴にするべきものを起訴することは本来あってはならないことです」

質問者「問われるべきものはやっぱりあるということですか」

私「我々の武器は法律です。法に照らして証拠があって、そして処罰する価値がある限り、起訴して適正な科刑を得ることが検察の役割だと思います。

それから日本の刑事司法制度で重要なものの一つが起訴便宜主義です。その対極が起訴法定主義です。犯罪の証拠があれば（訴訟条件は必要）必ず起訴しなければならないのが起訴法定主義です。日本の場合起訴便宜主義が採用されていますので、証拠上犯罪が認められても、検察官は諸般の情状等を考慮して起訴を猶予することができます。それはある意味で検察官の一番大きな権限といえます。昔から、罪を憎んで人を憎まずという言葉がありますが、処罰しない方が良い場合だってあると思います」

質問者「今日は、余所では聞くことができない貴重なお話をお聞かせいただきまして、大変勉強になりました。ありがとうございます。今日の宮中行事や儀式のお話に対しての質問なのですけど、言上というお話のご説明がありましたけれども、先生は言上されたことはありますか」

私「はい、二回あります」

質問者「そうですか。その中で御下問というお話もあったかと思うのですが、お差し支えなければ、陛下からどのような御下問があったかどうか、お差し支えのない範囲で結構ですので、もし、よろしければお話ししていただけませんか」

私「では、私が言上した事案の一つを紹介しましょう。

簡単に申し上げますと、ある少女がAという若い男性から覚せい剤を注射してもらったという事件です。少女の供述に基づき、Aは覚せい剤を少女に注射して使用したという覚せい剤取締法違反容疑で逮捕・起訴されました。一方、少女は未成年でしたので家庭裁判所に送致され、調査官の試験観察に付されました。

ところが、Aは裁判になると、犯行を否認し、『少女が自分で覚せい剤を注射した』と弁解し、無罪を主張しました。少女の方も、証人に立ち、『Aから注射してもらっていません。注射は私が自分で打ちました』と、捜査段階の供述を翻しました。

若い主任検事は、少女の自宅などを捜索するなど補充捜査を行いました。その結果、Aから少女宛の偽証を依頼する手紙を押収することができました。また少女の母親を粘り強く取り調べ、娘に対する思いを聞き出しました。そのことを少女に伝え、真実を話して立ち直ってほしいと、検事は心を込めて少女を説得したのです。

少女は、検事に『私がAの名前を出したからAが逮捕されたので、付き合っているAには悪いことをして申し訳ないと思い、裁判で嘘の証言をしたのです』と打ち明けました。

そこで検事は、Aを少女に対する偽証教唆の容疑で逮捕・起訴しました。

その後Aは従前の無罪の主張を撤回し、起訴事実をすべて認め、実刑判決を受けました。

一方少女は保護観察処分になりました。

このような捜査の経緯と若い主任検事の仕事振りを言上した訳です。

陛下から御下問がありました。その一つが『Aは今どこでどのような仕事をしていますか』というものでした。私は『Aは刑務所で受刑中です』とお答えしました。

おそらく、陛下は、罪を犯した若者が刑期を終えた後、どのような暮らしをしているのかご興味を持たれ、そのような御下問をされたのだろうと思います。この程度でよろしいでしょうか」（以下略）

企業のコンプライアンスと不祥事対応

　最近は、企業不祥事が起きると、企業は「コンプライアンスを徹底し、再発防止に努めたい」などとコメントするのが通例だ。

「コンプライアンス」という言葉は、もう聞き飽きたと言う人が少なくないが、企業不祥事が相次ぐ今の時代、コンプライアンスとは何か、それを再確認して適切な不祥事対応を行うことが求められている。

　コンプライアンスは、単なる法令遵守ではない。一般にコンプライアンは法令遵守と訳されている。それは間違いとはいえないが、必ずしも正確ではない。企業が法令遵守するのは当然のこと。企業は、それにとどまらず、社会の期待や要請に誠実に応えなければならないのである。

例えば、同じ品質の製品であっても、消費者はイメージが悪い企業の製品を選ばず、イメージのよい企業の製品を選ぶ。それは企業に対する信頼度に相違があるからである。あの会社なら事故や問題を起こさない、社会や消費者にそのように思ってもらえる企業が信頼される。多くの企業では、法令を遵守することだけでなく、不誠実な対応や行動をしないための行動倫理・基準を策定している。

要するに法令及び企業の行動倫理・基準を遵守することがコンプライアンスだと考えるべきである。コンプライアンスを実践し、健全な企業になることが企業のブランドを維持し、競争力を高めることに繋がる。そのことを常に企業の経営者は認識しておかなければならない。

仮にコンプライアンスの問題を甘くみると、リスクがより高くなる。企業のブランドが一度傷ついて信頼を失うと、その回復に長い時間がかかる。不祥事が刑事事件になれば、企業の死活問題に発展する。時にはトップ辞任という代償や倒産の憂き目をみることもあることを忘れてはならない。

社会の変化とコンプライアンス

今の時代、なぜ企業にコンプライアンスがより求められるのか、その理由ないし背景事情について考えてみたい。

第一は、時代や社会が急激に変化していることだ。

現在、事前規制型社会から事後規制型社会に変化している。このような社会の変化に対し、適切に対応するため、企業にはこれまで以上にコンプライアンスが求められる。

事後規制型社会では、企業活動について一定のルールを作るが、ルールを守っていれば自由に企業活動をすることができる、それが基本的な考え方である。

国は、企業活動に関する規制を緩和し、企業間で自由に競争させる政策を進めるが、その一方で、企業がルール違反すれば、積極的にこれを摘発し、厳しい制裁と刑罰を科すことになる。

最近、このような社会の変化を受け、独占禁止法、不正競争防止法、廃棄物処理法等の行政刑罰法令違反に関する罰則の強化が一段と進んだ。更には違反企業等に対する当局の行政処分や刑事処分も以前より厳しいものになっている。

例えば、平成二七年八月以降、数多くの企業が違法な時間外労働に係る労働基準法違反事件で摘発されているのはその分かりやすい例だ。企業はこのような変化を的確に認識する必要がある。

第二は、インターネットが普及し、瞬時に情報が拡散し、誰もが情報に接することができるようになったことだ。

その結果、これまで以上にレピュテーション・リスクが増大している。企業には情報公開と企業統治の透明性のみならず、企業経営についても株主などのステークホルダーや国民に対する説明責任が求められることになった。

ところが困ったことに不祥事についてどの程度まで説明を尽くす責任があるのか必ずしも明確ではない。しかもその説明如何によってかえって企業リスクが高まる。そのためコンプライアンスの重要度が増している。

第三は、最近、企業の不祥事が相次いでいることだ。

例えば、日産自動車・スバルの無資格検査員による不正検査、東洋ゴムの子会社による免震ゴム装置の不正、神戸製鋼所の銅製品検査データの改ざん、三菱マテリアル子会社による品質検査データの改ざん、リニア中央新幹線建設工事の談合事件、ＩＨＩの航空機エンジンの不正検査、ベネッセコーポレーションの個人情報流出、スルガ銀行のシェアハウスオーナーらへの不正融資、レオパレス21の建築基準法違反事件、かんぽ生命保険の不適切契約問題、ドコモ口座からの不正引き出し事件など数多くの不祥事が起きている。中には刑事事件に発展して子会社とはいえそのトップまで起訴されている。

いずれの不祥事も、経営者が時代の変化を読めず、漫然と甘いリスク対応をしていたことが背景にある。この点からもコンプライアンスの重要度が増しているといえる。

コンプライアンスの確立とその方策

では企業にコンプライアンス意識を根付かせるにはどうすればよいのか。

まず、現場とのコミュニケーションを図り、従業員の危機意識を高めることである。それが企業文化になることが更に望ましい。

多くの企業では、不祥事の防止のために、マニュアルを作成し、コンプライアンス研修を行い、内部通報制度を設けるなど、内部統制システムを強化している。それも重要であるが、それだけでは十分ではない。それらの諸策が画一化あるいは形骸化していないかどうか検証する必要がある。

そして企業はあらゆる機会を通じ、従業員が危機意識を持ち続けるよう情報を発信しなければならない。他方従業員においても、各自、日頃から事故・事件・災害の予兆を捉える感度を高める努力を怠らないことが大切だ。

第二は、コンプライアンス確立のための視点を変えることである。

いかなる企業でも不祥事は大なり小なり起こるものだ。それは避けられないものと考えておくべきである。なぜか、組織は不祥事を起こすおそれのある人間を抱えているからだ。その割合は、少なくとも三パーセントあるといわれている。企業の不祥事をゼロにしようとするのには無理がある。そのことを前提にした対策を考えるべきである。

最近は、公益通報者保護制度の整備・運用が進んでいるので、経営陣も内部告発が避けられないことを認識しておくべきだ。

第三は、組織はトップで変わることだ。

企業のコンプライアンスの確立もトップ次第だ。組織は頭から腐るといわれている。要は、トップのコンプライアンスに対する考え方、いわばセンスが重要である。

例えば　法令違反かどうか微妙で常識的に見て問題があるグレー案件について、法令違反と断定できないから、これまでどおりで良いと考えるようなトップにはセンスがない。常識的に見て問題がある以上法令違反と同じように扱い、迅速に対処するのがセンスの良いトップである。

第四は、法的リスクの管理は弁護士と連携することだ。法的リスクのおそれがあれば、早め早めに弁護士と相談する。時には複数の弁護士からセカンドオピニオンを徴し、それを参考にすべきである。そのためには弁護士と相談しやすい企業環境を整備する必要がある。

不祥事対応の要諦

では不祥事対応の要諦は何か。

対応如何によっては、かえって傷口を広げ、問題を大きくするおそれがある。まずは企業が被るダメージをいかにして最小限度にとどめ、新たな損害の発生を防止することである。以下、対応要領を述べてみたい。

その一は、不祥事に関する情報をトップに正確かつ迅速に伝えることである。これが的確な不祥事対応を行うための大前提である。組織として情報伝達ルートを確立しておくことだ。それと同時に、日頃からマイナス情報であっても速やかにトップに報告することが企業のためになる、そういう考え方が企業内部で徹底されておく必要がある。

その二は、企業のトップが迅速かつ適切な判断をすることである。

これができるかどうかはトップの見識や能力次第だ。時には、トップ自ら迅速かつ適切な広報を実施できるかどうかも試される。

例えば、欠陥エアバッグを装着した自動車のリコール事案では、自動車メーカーの社長自らがアメリカに赴き、英語で記者会見を行い、再発防止に向けた力強いメッセージを伝えた。このように迅速かつ適切に対処したことが信用低下を最小限にとどめた。成功事例といえるだろう。

一方、大手銀行の大規模システム障害事案では、全国の店舗内ATMの約八割が停止し、挿入した通帳やキャッシュカードを取り出せない件数が五二四四件に上った。直接の障害原因は定期預金データ移行時に使うメモリー不足。システムの全面復旧は翌日の午後三時だが、遅くとも障害発生当日中に頭取が記者会見で現状と復旧見込みなどを説明すべきだった。ところが頭取が記者会見したのは翌日で、既に障害発生から一日半経過していた。顧客第一の視点を欠き、遅きに失したとの批判は免れない。企業のトップには顧客や取引先に迅速に事態を正確に知らせる姿勢も欠かせないだろう。

その三は、迅速かつ的確に内部処分を行い、実効性のある再発防止策を策定し、これを実行し、傷ついた信頼を回復させることである。

不祥事の原因のみならず、それを誘発した事情についても徹底的に究明しなければならない。ただ、例えば製品事故の場合、その原因が解明されていない段階でも、二次被害の回避ないし防止という観点から、早期に顧客、消費者、取引先等関係者らに正確な情報を提供して注意喚起を促し、あるいはリコールを実施すべき事例もあるだろう。

更に付言すると、企業が不祥事発覚後に第三者調査委員会を設置する事例が多い。調査報告書で「不祥事を許す企業風土に問題があった。特に重要なリスク情報が経営陣に迅速に伝わる態勢ができていなかった」などと指摘されることが少なくない。

悪しき企業風土を変えられるのはトップしかないと言っても過言ではない。再発防止策の中で最も効果的な方策は、トップを交代させることかも知れない。不祥事の内容にもよるが、トップの辞任を視野に入れながら対策を講じることも必要だろう。

記者会見の対処方法

不祥事対応における記者会見の対処方法について、改めてまとめてみたい。

事前に、次のような準備をしなければならない。

① 会見用のステイトメントの用意

企業としての基本的なメッセージが含まれていなければならない。

特に問題の所在とその程度に関する事項は不可欠である。これらを簡潔にまとめて読み上げ用のペーパーを作成する。このペーパーを事前に記者に配布しておくと、会見内容を正確に報道してもらえるというメリットがある。

② 想定問答の作成

③ 入念なリハーサル

④ パワーポイントやパネルの用意

会見内容を分かりやすく伝えるためには不可欠である。

記者会見に当たって留意すべき点は、何よりも責任逃れのための会見という印象を与えないことである。記者会見は信頼回復の第一歩と位置づけて積極的な姿勢で臨むことが重要である。

さらに、記者会見の相手が記者だけでなく、テレビを見ている株主・消費者などのステークホルダーであることを認識して会見を行うことである。分かりやすく言えば、近所のおじちゃん、おばちゃんに対して会見をするものと心得ると良いだろう。

そのほか留意すべき点を挙げておきたい。

① 屁理屈は避け、いい加減な弁明をせず、誠実な態度で謝罪すること。

例えば、某コンビニ大手の子会社がキャッシュレスサービス導入後、僅か二日目に不正利用が発覚した事案に関する社長の謝罪記者会見は失敗例の一つだ。

記者から二段階認証と呼ばれる仕組みを採用していなかった理由を質問された社長が、「二段階認証ですか?」と、用語の意味を理解せずに聞き返し、続けて、「二段階云々とは同じ土俵で比べられるものか認識できない」などといい加減な弁明をした。正にトップ自らがデジタルオンラインサービスの基本的な認証手法すら把握していないことを明らかにしてしまったのである。

事前の想定問答自体に問題があったのか、あるいは想定問答の内容をトップに理解させていなかったのかは定かでないが、少なくともトップには誠実に質問に答えて謝罪するという姿勢が欠けていた。結局、会社側は新規導入のキャッシュレスサービス自体の廃止を余儀なくされたばかりか、キャッシュレス決済そのものに対する信頼を失墜させるという余りにも大きな代償を払った。

② 情報は正確に公表し、小出しにせず、記者会見はできる限り一回で終わらすこと。

例えば、不祥事発覚後、最初の会見で詳細な事実関係の公表を拒み、情報を小出しにしたため、マスコミのみならず政府関係者からも会社側の説明が不十分との強い批判を浴び、いわば追い込まれる形で短期間に三回も記者会見を重ねた事例がある。典型的な失敗例といえよう。

また、通常記者会見で時間制限を設けるのはやむを得ないが、ここで注意すべきことは、例えば、「時間が来ましたので会見を終わらせます」ではなく、「時間が参りましたが、もう一問で終わりにしたいと思いますのでご協力ください」と発言するなど細やかな対応が必要である。

逆に、有名大学のアメフト部員による悪質タックル問題を巡って大学側が行った記者会見は失敗例の一つだ。記者の質問に答えようとする監督らの発言を遮り、度々会見を打ち切ろうとした司会者の対応に批判が相次いだからだ。

③　決して嘘をつかず、隠しているという印象を与えないこと。

例えば、食肉偽装事件では、社長が従業員に命じて食肉の偽装をさせたのにもかかわらず記者会見で「従業員が勝手にやった」と虚偽の発言をしたのは最悪の対応だった。その後社長は不正競争防止法違反容疑で逮捕・起訴された。

④　事件当事者を会見に同席させることはリスクが高いことに留意し、可能な限り同席させないこと。

⑤　映像の怖さを知るべし。

会見に際し、映像に映る顔を通じその人の心や感情がきめ細かく視聴者に伝わる。会見に際し、顔の表情や態度で誤解を与えないよう留意すべきである。

おわりに

新型コロナウイルスの感染拡大を契機にこれまで以上に不確実で先行き不透明な時代になった。世界はＳＤＧｓ（持続可能な開発目標）を掲げ脱炭素社会を目指している。

企業のトップは、常に時代を読み、いつ起こるかも分からない不祥事についても、それを想像できるだけの感性を養っておく必要があるだろう。

刑事部長

コロナ禍で多くの企業ではテレワークが進み、働き方に大きな変化が起きているが、テレワークによって労働生産性が向上するとは必ずしも限らない。仕事の本質もそれほど変わるものでもないだろう。

先日、そんなことを考えながら、書店の話題書コーナーで本を探していると、「部長ほどおもしろいものはない！」という帯コピーが目にとまった。

本のタイトルは『部長って何だ！』（講談社現代新書）だ。

著者は元伊藤忠商事会長の丹羽宇一郎氏だ。早速、手に取り購入した。頁を捲《めく》ると、「部長は新商品の開発や新規事業の開拓だけにとどまらず、会社の将来を支える人材を育成するという重要な役割も担うだけに、そのやりがいは会社人生最大のものです。部長はどおもしろい職業はそうそうありません」「部長のあなたでなければできない仕事は多く、それが会社の進む方向を左右し、あなたの人生をも動かします」とある。全く同感だ。

振り返ると、検察における私の部長経験は、神戸地検公判部長・刑事部長、大阪地検総務部長・刑事部長、大阪高検刑事部長である。部下職員数は大阪地検総務部長のときが約一二〇人と一番多かったが、面白さから言えば地検の刑事部長だった。

刑事部長は、日々警察が送致してくる事件記録を読み、事件を担当させる検察官を指名する。これを事件配点という。事件の見通しを立て、部下検察官の繁忙度や捜査能力なども頭に浮かべながら最も適任と思える検察官に事件配点をする。

検察官は必要な捜査を終えれば、事件の処分について上司の決裁を受ける。

検察官は、一人一人が独立官庁として、その権限と責任において捜査し、被疑者の起訴又は不起訴の処分をするほか、裁判に立会するなどの検察事務に従事する。

その一方で、検察官一体の原則によって、その上司の指揮監督に服す義務がある。そのため、捜査や公判活動等に関し上司の決裁を受けなければならない。仮に上司の決裁を受けずに起訴をしても、それが違法、無効のものになることはない（伊藤栄樹著『新版検察庁法逐条解説』五六頁参照）。実際にもそのような事例はない。

刑事部速報

大阪地検刑事部長当時、日々処分決裁をした事件の中には捜査処理上参考になる事例が少なくなかった。私は部下検察官の捜査能力の向上と情報共有を図るため、このような事例の概要と問題点を解説付きで各検察官に周知したいと思った。その方法として思いついたのは、「刑事部速報」を発行し、各検察官に配布することだった。

本来ならば、事件を捜査処理した主任検察官に「刑事部速報」の原稿を起案させるのが最も適切かも知れないが、それでは捜査以外に検察官の仕事を増やすことになる。三人の副部長に輪番で起案させれば問題は解決するが、余り詳しいものでは、多忙な検察官に読んでもらえないおそれもある。副部長にはＡ４のペーパー二枚程度に簡潔にまとめて原稿を提出するよう指示をした。

また、警察と情報を共有するため、大阪府警察本部刑事部を通じ、管内各警察署に「刑事部速報」を毎号配布することにした。

何よりも「刑事部速報」には、いわば捜査のノウハウや智恵が詰まっている。特に第一線の捜査関係者の執務資料として活用してもらえると思った。

ある不動産侵奪・競売入札妨害事件を解説した「刑事部速報」第二号（平成九年五月一〇日発行・若干補正）を紹介したい。

【事案の概要】

多額の負債を抱えたS会社の経営が破綻し、社長が夜逃げをした。これに目をつけた山口組系の暴力団組員Aは、S会社が所有・管理する建物に無断で入居して土地建物（以下「本件物件」という）を占拠して侵奪した。

その後、本件物件につき不動産競売開始決定が出たことを知ったAは、入札希望者を排除しようと考え、本件物件に菱形シールと「A興業」と大書した看板を掲げた。一見すると暴力団関係者が占有管理しているかのような状況を作った。

さらに、Aは、現況調査に赴いた裁判所の執行官に「S会社から買い取るつもりで交渉している。既に約束ができているのでここに住んでいる」と嘘を言い、裁判所には「本件物件は全部私の所有である」旨の虚偽の回答書を送付した。

このようにしてAは威力と偽計を用いて公の入札の公正を害すべき行為をした。

【解説】

この種事犯は、民事紛争が絡む。ややもすると、消極的な事件処理になりがちである。一方、民事保全を担当する裁判所にとっては極めてゆゆしき問題だ。法律構成などを十分検討して事件を処理する必要がある。

本件は、府警捜査四課から地検刑事部に法律構成や捜査着手時期等について事前相談があり、緊密な協議を行いながら法務省刑事局の見解を確認した上、Aを逮捕・勾留し、その自白も得て起訴した事案である。

当初の主な問題点は、競売入札妨害罪（刑法第九六条の三第一項）にいう偽計又は威力の該当性の有無だった。要するに①菱形シールと看板を設置したことが威力に当たるか、②執行官に「S会社から買い取るつもりで交渉している」という程度の虚偽の申立てが偽計といえるかどうかにあった。

①の点については、一般常識、取り分け関西での常識として菱形のシールと「A興業」なる看板はそれ自体山口組系暴力団を想起させる。このような表示のある物件の競売入札

が困難になることも明らかである。菱形シールや看板の掲示が何らかの必要性、例えば組事務所として使用する必要性が認められるならともかく、不動産競売物件の入札を牽制する目的であることは一見して明白だ。実際A自身その旨自白している。

②の点については、確かに民事的にいえば、Aが競落人に対抗できない不法占拠者と認められるので、当然その占有を排除できる。本件でもAは競落人に対抗できる権利関係を主張したわけではない。この理屈で考えると、Aが執行官に少し嘘をついたからといって、それが入札に影響を及ぼすとは断定できないだろう。

しかし刑法の解釈は理屈だけではない。Aの申立て内容は、執行官がそのまま現況報告書に記載することになっている。その記載をみて、買い取るつもりで交渉したという人間がいて、現に住んでいるとなれば、その人間に占有権原があるかどうか、あるいは占有者の主張が民事的にどの程度の意味を持つかなどという問題とは関係なく、その物件を入札により競落しようと考える人はいなくなるはずだ。そのことが正に偽計による入札妨害行為に該当するものと考えるべきである。

本件捜査に当たって留意したのは、裁判所が処罰を望んでいることを再確認し、この種事犯が裁判所に多大な支障を及ぼすことのほか、Aの妨害行為が入札希望者にどのような影響を与えるのかという点についても関係者から具体的な供述を得るように努めたことである。また、このような妨害行為が競売開始決定の前になされた場合であっても、同様に考えてよいのかという問題がある。従来の起訴例をみると、いずれも、競売開始決定後の妨害行為を捉えて起訴しているが、将来の競売開始を見越して妨害行為をする事例も少なくないと思われるので、問題を残すであろう。

追って、平成二三年法律第七四号の刑法の一部改正により強制執行関係の妨害に対する刑法の罰則（第九六条の二ないし九六条の五）が拡充、整備された。これに伴い、従前の第九六条の三の規定も改正された。

同条第一項で対象としていた「公の競売又は入札」のうち、強制執行に関するものは新しく第九六条の四（強制執行関係売却妨害）で規定することになった。これを除く公共の契約に関するもののみを対象とする規定として第九六条の六が新設され、これを明らかにするため、同条の題名も「公契約関係競売等妨害」とし、同条第一項の対象も「公の競売又は入札で契約を締結するためのもの」に改められた。その一方で改正後の第九六条の三は新設された強制執行行為妨害等の罪の規定になった。

したがって、今回「刑事部速報」で紹介した事件は、現在ならば改正後の第九六条の四（強制執行関係売却妨害）の規定が適用されることになる。

同条は「偽計又は威力を用いて、強制執行において行われ、又は行われるべき売却」を対象としているので、競売開始決定の前に公正を害すべき行為がなされた場合でも処罰できることになった。もっとも、本罪が成立するためには、現実に強制執行を受けるおそれがある客観的な状態を生じていることが必要である（前田雅英編『条解刑法第4版』三一六頁参照）。

いずれにせよ、「刑事部速報」の解説のとおり、検察は社会常識に沿う柔軟な考え方で事件を処理しているのである。

私が刑事部長離任後も、「刑事部速報」が断続的に発行され、捜査関係者の執務資料として活用されていたが、残念ながら第七九号（平成二一年六月三〇日発行）が最終号となっていた。幸い、「刑事部速報」は、有用な情報伝達ツールとしても再認識され、今年五月に第八〇号が発行されたと聞く。

カルロス・ゴーンの国外逃亡

日産自動車（以下「日産」という）の元会長カルロス・ゴーンは、金融商品取引法違反（虚偽記載）と会社法違反（特別背任）事件で起訴された。

金融商品取引法違反は、日産の有価証券報告書で自己の役員報酬約九一億円を過少記載した、会社法違反は、①金融取引での私的な損失を日産に付け替え、②サウジアラビアの実業家に日産子会社から一四七〇万ドルを送金させ、③日産子会社からオマーンの販売代理店に一〇〇〇万ドルを送金させ、うち五〇〇万ドルを実質的に自己が保有する会社に還流させて日産に損害を与えた、という容疑である。

ゴーンは、これらの事件で保釈されていたが、公判が始まる前の令和元年一二月二九日、日本から不法に出国し、中東のレバノンに逃亡した。その行為は日本の司法制度を蔑《ないがし》ろにするもので、断じて許せない。

国外逃亡後の翌年一月八日、ゴーンはレバノンにおいて日本のメディアの大半を排除して記者会見を行い、一連の事件について無実を主張した。そして「日本の刑事司法制度は基本的な人権の原則に反している。有罪率九九パーセントの日本では公平な裁判を受けることができない。私は逮捕、勾留されるべきではなかった」などと日本の刑事司法制度やその運用について一方的に批判したが、日本から不法に出国した方法については一切の説明を拒んだ（同月九日付け日本経済新聞、読売新聞等）。

同月九日、森まさこ法務大臣は、二回にわたり緊急記者会見を開き、ゴーンの国外逃亡について「海外渡航禁止の保釈条件を破り、国外に逃亡し、刑事裁判そのものから逃避したのであって、どの国の制度の下であっても許されざる行為である。しかも、それを正当化するために、国内外に向けて、我が国の法制度やその運用について誤った事実を殊更に喧伝するものであって、到底看過できるものではない」などと批判した。大臣コメントは、法務省ホームページで、日本語のほか、英語、フランス語で掲載された。

以下、マスコミ報道で明らかになったゴーンの国外逃亡計画や出国方法を概観し、関係機関の対応や今後の裁判の行方、今回の事態を招いた原因や責任等について検討してみたい。

国外逃亡計画及び出国方法

検察の捜査によると、ゴーンは、遅くとも不法出国の半年前の令和元年六月頃に国外逃亡を決意し、米陸軍特殊部隊「グリーンベレー」の元隊員マイケル・テイラーらと綿密に逃亡計画を練っていたという（令和三年六月一五日付け日本経済新聞、読売新聞等）。

マイケルは、レバノンでゴーンの妻キャロルから「ゴーンを日本から連れ出してほしい」と頼まれ、その後、ゴーンからも電話で直接依頼を受けて承諾し、プライベートジェット（以下「ＰＪ」という）を利用する逃亡計画を立案した。

令和元年九月頃、マイケルの誘いで計画に加わったジョージ・ザイェクが来日し、日本の国際空港を下見した結果、関西国際空港のＰＪ専用施設ではＰＪ向けの保安検査が行われていないことに目を付けた。ゴーンの発案で大型の箱に身を隠しＰＪに乗り込むことが決まり、マイケルがゴーンの寸法に合わせた黒い箱をレバノンで調達した。

当時ゴーンは、保釈条件で弁護人が提供する携帯電話一台と弁護人の法律事務所のパソコン一台しか使用が許可されていなかったが、マイケルらとの一連のやり取りを密かに提供された別の携帯電話で行っていた。

またゴーンは、同年七月以降、東京都内にある弁護人の法律事務所でマイケルの息子ピーターと複数回接触し、謀議を重ね、ピーターが経営する会社を経由して、ゴーンが逃亡資金を提供することを決めた。実際、逃亡の前後にゴーン側からピーター側に合計約一億四〇〇〇万円に相当する現金と仮想通貨ビットコインが提供された。

逃亡実行当日のゴーンらの行動は次のようなものだった。

午前一〇時頃、マイケルとジョージがPJで中東ドバイから関西国際空港に到着。二人は、機内から大きな黒い箱を降ろし、空港近くのホテルに運び込んだ後、新大阪駅に移動して新幹線に乗車。品川駅で下車し、ピーターが予約した港区六本木のホテルに入る。

午後二時半頃、ゴーンは、東京・港区麻布の住宅から一人で外出し、六本木のホテルでマイケルら三人と合流した後、ピーター一人を残し、午後四時半頃、ゴーンがマイケルとジョージと共に品川駅から新幹線に乗車して新大阪駅まで移動し、関西国際空港近くのホテルに到着。

午後一〇時頃、マイケルとジョージがゴーンを隠した大きな黒い箱を運びながらホテルを出発し、空港のＰＪ専用施設「玉響《たまゆら》」に入る。ここで、出国審査等を済ませ、大きな黒い箱は保安検査を受けずに検査場を通過した。

午後一一時一〇分頃、ゴーンは、大きな黒い箱に隠れたまま、マイケルらと共に、午前中に到着済みのＰＪに搭乗し、関西国際空港からトルコ・イスタンブールに向けて不法出国。イスタンブールに到着後、ゴーンは、マイケルらと別れ、別のＰＪに乗り換え、ベイルートに向かい、レバノンに合法的に入国した。

関係機関の対応と今後の裁判の行方

東京地検は、令和二年一月二九日、ゴーンに対する出入国管理難民認定法（以下「入管法」という）違反（不法出国）事件の関係先として、ゴーンの弁護人の法律事務所を捜索し、ゴーンのフランス・レバノン・ブラジル旅券各一冊やゴーンとの面会簿を押収した上、同月三〇日には、不法出国の容疑でゴーンの逮捕状を、ゴーンの国外逃亡を手助けした米国人三人（マイケル、ピーター、ジョージ）についても、不法出国幇助《ほうじょ》及び犯人隠避の容疑で逮捕状を取った（同月三一日付け読売新聞等）。

ところが、日本は、レバノンとの間で「逃亡犯罪人引渡条約」を締結していないため、国際刑事警察機構（ＩＣＰＯ）に対し、ゴーンの逮捕、身柄引渡しを求める国際逮捕手配（赤手配）を要請した。手配書は発行され、レバノン政府も手配書を受け取ったことを明らかにしているが、手配書には強制力はない。

また国際慣習で逃亡犯罪人であっても自国民を外国の司法当局に引き渡さないことが認められており、レバノンには自国民の外国への引渡しを禁じる国内法もある。そのためゴーンの身柄が日本に引き渡される可能性はほとんどない。

同年五月二〇日（日本時間二一日）、米国司法当局は、東京地検の要請（外交経由）を受けて日米犯罪人引渡条約に基づきマイケルとピーターを犯人隠避の容疑等で身柄を拘束した。

同年七月三日、東京地検が同条約に基づき米国に対し二人の引渡し請求（外交経由）を行ったところ、米国国務省も身柄の引渡しを認めた。これに異議の申立てがあったが、令和三年一月にボストン連邦地裁は申立てを棄却した。弁護側が上訴したが、ボストン連邦高裁、連邦最高裁も地裁の判断を支持した。

同年三月二日、東京地検は米国側から二人の身柄の引渡しを受け、犯人隠避の容疑で逮捕し、同月二二日起訴した。同年六月一四日、二人は初公判で起訴事実を認めた（令和二年七月三日、同三年二月一五日、三月二三日、六月一五日付け読売新聞等）。

法務省はゴーンの国外逃亡を踏まえ、出入国在留管理庁に対し出国手続の厳格化を図るよう指示した。さらに、保釈中の被告人についてその逃亡防止のためにGPS（全地球測位システム）端末を装着させることや、刑事施設に拘禁されている受刑者や勾留中の被疑者・被告人が逃走したときに適用する「逃走罪」（刑法九七条）について、その処罰範囲を広げ、保釈中の被告人が逃亡したときにも適用するための法改正の検討を始めた。

国交省は、関西国際空港など四空港においてPJに持ち込む大型荷物の保安検査を義務付けた。

東京地裁は、令和元年一二月三一日、ゴーンの保釈保証金一五億円を没取する決定を出した。没取された保釈保証金は過去最高額だった。

なお、トルコの捜査当局は、令和二年二月、ゴーンの逃亡に使用されたPJ運航会社の元営業部長とパイロット四人をゴーンを密航させた罪で、乗客乗務員二人を違法行為を通報しなかった罪で起訴した（同年六月二三日付け産経新聞等）。

同三年二月二四日、イスタンブールの裁判所は、元営業部長とパイロット二人にそれぞれ禁錮四年二月の実刑判決を言い渡したが、ほかの四人は無罪と控訴棄却とした（同月二五日付け日本経済新聞）。

いずれにせよ、現状では、ゴーンの身柄が日本に引き渡されないことから、被告人不在のため裁判を行うことはできない。結局、ゴーンの逃げ得を許す結果となっている。

裁判所と弁護人の責任について

今回のような事態を招いた責任の大半は、ゴーンの保釈を許可した裁判所と、裁判所に「逃亡はあり得ないシステム」を提示したと自賛したにもかかわらずゴーンに海外渡航禁止等の保釈条件を守らせることができなかった弁護人にあるといえるだろう。

子細にみると、裁判所も弁護人も、知らず知らずのうちにゴーン逃亡計画の片棒を担がされたように思う。

ゴーンの保釈申請について、証拠隠滅や逃亡のおそれが高く、ゴーンの資産状況等に照らし保釈保証金が数十億円程度であっても逃亡を防止できないとする検察の反対意見にもかかわらず、裁判所は保釈保証金を一五億円として保釈を許可した（同年一月一三日付け読売新聞等）。この判断に問題があったことは、保釈後に判明した次の事実などからみても明らかだ。

例えば、マイケルが、ゴーンの妻キャロルやゴーンから国外逃亡の手助けを頼まれ、その後ゴーンからも直接依頼されたこと、ゴーンが、裁判所の保釈条件を破り、許可された携帯電話とは別の携帯電話でマイケルやピーターらと頻繁に連絡を取り合っていたこと、ゴーン側からピーター側に多額の現金などが提供されていたことである。

弁護人は、裁判所に保釈条件の一つとしてゴーンにGPS（全地球測位システム）端末を装着させることを提案したが、裁判所がこれを保釈条件に加えなかったという（令和二年二月八日付け産経新聞）。仮に弁護人が保釈条件とは関係なく、自発的にGPSをゴーンに装着させていたなら、ゴーンの逃亡を阻止できたかも知れない。

ゴーンの旅券を巡る問題

ゴーンはトルコ・イスタンブールで別のPJに乗り換えている。その搭乗者名簿にはゴーンの実名とフランス旅券の番号が記載されていた。ゴーンはこの旅券を使用してレバノンに入国したことは明らかだ。現にレバノン政府もゴーンが合法的に入国したと表明している（同月七日付け読売新聞等）。そうすると、ゴーンにフランス旅券を所持させていたことがゴーンの逃亡を容易にしたといえるだろう。

また、多国籍のゴーンが保有する旅券は、フランス旅券二冊、ブラジルとレバノン旅券各一冊の計四冊であるが、裁判所は保釈条件でこれらの旅券をすべて弁護人に保管させていた。ところが令和元年四月二五日ゴーンが再保釈された後、その翌月に弁護人は、保釈後のゴーンが日本に滞在するには旅券を常時携帯する義務がある（入管法第二三条第一項）として裁判所に保釈条件の変更を請求した。

これに検察は反対した。

「裁判所の保釈に関する司法判断で旅券は弁護人が管理することになったため、ゴーンの旅券の常時携帯義務は免除されている。したがってゴーンは旅券を携帯する必要がなく、海外逃亡のおそれが格段に高いゴーンの保釈条件を変更すべきではない」というのが理由だ（令和二年一月三日付け産経新聞）。

裁判所は、二冊のフランス旅券のうち、一冊をダイヤル式の鍵付きのケースに入れて携帯することを許可（ただし、鍵のダイヤル番号は弁護人一人のみが管理すること）して保釈条件を変更したという。

そもそも、入管法第二三条第一項で日本に在留する外国人に旅券の常時携帯義務と官憲に対する旅券の提示義務を課しているのは、当該外国人の在留の合法性や許可条件などを即時的に把握するためである。したがって、ゴーンが旅券をダイヤル式の鍵付きケースに入れて常時携帯していても、ケースの鍵のダイヤル番号は弁護人一人しか知らない以上、仮に、官憲が旅券の提示を求めても、ゴーンは直ぐにケースから旅券を取り出せない。このような旅券の携帯方法では即時的に在留の合法性等を確認できないことは明らかだ。保釈条件の変更を許可した裁判所の判断は、法の趣旨に悖《もと》るものというべきだろう。

検察の反対意見のとおり、裁判所の保釈に関する司法判断により、ゴーンは旅券の常時携帯義務を免除されていると考えるのが正当だろう。

もっとも、中長期在留外国人には、在留カードの常時携帯義務が課され、在留カードを携帯するときは、旅券の常時携帯義務は免除されている（入管法第二三条第一項ただし書き、第二項）。

ゴーンは我が国に二〇年近く滞在し、日産の経営に当たっていた中長期在留者であるから、在留カード（在留資格「経営・管理」）の交付を受けて携帯していたものと思われる。そうであれば、ゴーンが在留カードを携帯する限り法律上も旅券の常時携帯義務が免除されているので敢えてゴーンに旅券を携帯させる必要はなかったはずだ。

にもかかわらず、裁判所がゴーンに旅券の常時携帯義務があるとして保釈条件の変更を認めたことは、正当とはいえないだろう。

ただ、ゴーンの在留資格が取り消されたというのであれば、旅券の常時携帯が義務付けられることになるが、未だゴーンの在留資格が取り消されたとのマスコミ情報もない。ゴーンが日本を不法出国したとしても、有効な旅券を所持していなければ、レバノンには合法的に入国ができなかったはずだ。レバノン政府としても、ゴーンを不法に入国させる訳にはいかないからである。

穿《うが》った見方をすれば、国外逃亡計画の第一歩として、保釈条件で弁護人が保管していたゴーンの旅券四冊のうちの一冊を取り戻すために、敢えて保釈条件の変更請求が行われたのではないだろうか。そうだとすれば、司法関係者はゴーンの国外逃亡の萌芽を見落としたことになるだろう。

おわりに

今後、日本は、レバノン政府に対し、ゴーンの身柄の引渡しを粘り強く求め続けていかなければならない。

本来、司法制度はそれぞれの国の歴史や文化等に基づき、長きにわたって形成・運用されてきたものである。いずれの国の司法制度であっても一義的な優劣があるものではない。その是非は制度全体を見て評価されるべきものだ。日本の刑事司法制度やその運用について世界に誤った認識を拡散させないためにも、日本は国内外に正確な情報を発信し続けなければならない。

いずれにせよ、ゴーンの国外逃亡は、国内外の人々を大いに驚かせたばかりか、各方面に多くの課題を突きつけたことは間違いない。

土壌汚染

令和二年の全国の新築マンション販売戸数は、前年比一五・二%減の五万九九〇七戸だった。二年連続で前年実績を下回り、昭和五一年以来四四年ぶりに六万戸を割り込んだ。コロナ禍で不動産各社が営業活動を一時停止したことなどが響いた。一方、全国の一戸当たりの平均価格は、人手不足による建築費の上昇などの影響で四九七一万円と四年連続最高値を更新したという（令和三年二月二五日付け日本経済新聞）。

新築マンションの販売といえば、土壌汚染問題を巡る宅地建物取引業法（以下「宅建業法」という）違反事件を思い出す。

事件の概要

A社とB社（宅地建物取引業者）は、共同で製錬所跡地を再開発し、大型高層マンション二棟の建設・分譲計画を進めた。大量の汚染土を搬出する土壌処理対策工事（ただし一部は封じ込め）を行い、分譲マンションの建設工事に着工し、分譲販売を開始した。

当初の土壌汚染工事が不十分で汚染原因物質が取り残されていたため、敷地や地下水の湧水から下水道法の下水排除基準（排出水の水質基準）を超える濃度のヒ素、セレン等の重金属が検出された。

ところが両社は、汚染湧水は希釈して下水道に排出するだけにとどめたまま、マンションの分譲販売を継続した。その後も依然として湧水から下水排除基準を超える濃度の重金属が検出された。

土壌汚染の事実はA社とB社の社長にも報告され、役員同士の会議も開かれた。

当時、両社の経営陣は、汚染湧水問題が生じている以上、これを説明しないで販売を続けることは適切ではないが、違法とまでいえないと考えていた。

また、経営陣は、土壌汚染の事実を公表すると、既に購入済みの客から契約解除や金銭補償を求められ、あるいは株主代表訴訟が提起され、社会からも厳しく指弾されて企業イメージが大きく損なわれることを危惧していた。そのため有効な解決策を見い出せないまま、分譲販売が継続されていた。

当時、土壌汚染に対する規制を定めた土壌汚染対策法（平成一四年法律第五三号）の施行前であったが、土壌汚染問題が社会的に注目されており、大手不動産会社が敷地の土壌汚染が原因でマンション建設を断念したとの報道もあった。

さらに、不動産協会のガイドライン（平成一三年一一月制定）によると「汚染された敷地に対して浄化処理等を行ったマンションの分譲及び販売については、購入後のトラブルを未然に防止するために、その内容を購入者及び購入予定者を対象として積極的に説明する必要がある」とされていた。

このような状況からすれば、両社は、このガイドラインに従って、分譲マンションの購入者に土壌汚染の事実を告知して販売するよう徹底させるべきだった。

その後、両社は、トップ会談で、遅きに失するが本件分譲マンションの販売中止を決め、マンション住民に初めて土壌汚染の事実を告知するとともに、販売を中止した。

両社の社長に対する土壌汚染の事実報告以降、約八か月間に販売された分譲マンションは合計八戸だった。いずれも販売に際し、購入者九名に対し、土壌汚染の事実を告知していなかった。

本件分譲マンションの販売中止後、A社とB社が専門業者にマンション敷地や周辺敷地の表層土壌調査を依頼した結果によると、五区画から「土壌・地下水汚染に係る調査・対策指針運用基準」(平成一一年一月二九日環境庁通知)の溶出量基準値を超える濃度のヒ素とセレンが検出された。

さらに、土壌汚染対策法・同施行規則(平成一五年二月一五日施行)に定める土壌溶出量調査の結果では、一二区画から溶出量基準を超える濃度のセレン、ヒ素、鉛、フッ素が検出された。また、湧水のみならず表層土壌も汚染されていた。マンション地下駐車場の壁面に染み出た湧水に居住者が接触する可能性があることも明らかになった。

重要な事実の該当性

警察は、A社の社長、B社の会長ら当時の幹部一〇人と、法人としての両社を宅建業法違反（重要な事項の不告知）の容疑で書類送検した。

宅建業法第八〇条（平成一八年法律第九二号による改正前のもの）は、

「第四七条の規定に違反して同条第一号又は第二号に掲げる行為をした者は、一年以下の懲役若しくは五〇万円以下の罰金に処し、又はこれを併科する」

と規定する（なお、平成一八年の改正により、条文は第七九条の二に移り、懲役が二年以下に、罰金が三〇〇万円以下に引き上げられている）。

ところが、第四七条第一号は、

「宅地建物取引業者は、その業務に関し、宅地建物取引業者の相手方等に対し、次に掲げる行為をしてはならない。

一　重要な事項について、故意に事実を告げず、又は不実のことを告げる行為

二　以下略」

と規定するのみで、事実の不告知又は不実の告知の対象となる「重要な事項」について具体的に定められていなかった。

本件でも土壌汚染の事実が「重要な事項」に該当するか否かが問題となった。

そもそも宅地建物取引業者は、免許を受けて宅地建物取引に携わる専門家として業務の

適正な運営と公正な取引を行うことが要請されており、その業務に関し取引の相手方よりも高度な信義と誠実さをもって行動しなければならないのである。他方で、一般的に購入者等取引の相手方は、取引条件などの知識も経験も乏しく、十分な調査能力も有していない。業者いかんによっては不測の損害を蒙《こうむ》るおそれがある。

そこで宅建業法は、宅地建物取引業者の業務に関する一般的な禁止事項の一つとして重要な事項について故意に事実を告げず、又は不実のことを告げる行為を禁止し、その違反について罰則をもって臨むことにしたのである。

この趣旨からすると、重要な事項とは相手方等に重大な不利益を蒙らせるおそれのある事項というべきである。もし相手方等に真実を告知されたならばその相手方等が当該の取引をしないような事項が一般的な場合であろう。重要か否かは、宅地建物取引業者の相手方等の事情や知情の程度等によっても影響され、個々具体的な取引ごとに定まるものである（伊藤栄樹ほか編『注釈特別刑法第八巻』五三九頁、五四二頁参照）。

本件の場合、分譲マンションの建設工事着工前にその敷地が下水の排出基準を超える濃度の重金属で土壌汚染されていたこと、そのため汚染浄化対策を講じたこと、その後販売途中でも、排出基準を超える濃度のヒ素、セレン等が湧水から検出されており、土壌が汚染されていたことだ。

常識的に考えても、購入者側がこのような土壌汚染の事実を知れば、マンションの資産価値が下がる、汚染物質による健康被害のリスクがあると思うのは当然の話だ。正に土壌汚染の事実は購入者に重大な不利益をもたらす可能性が高く、分譲販売に際し「重要な事項」として告知すべきものだった。

検察の処分

検察が捜査を尽くした結果、A社の社長ら一〇人について重要な事項の不告知の容疑が固まり、A社もB社も両罰規定(法第八四条)を適用して処罰できることになった。

宅建業法では、免許を受けていた宅地建物取引業者が法人の場合、法人又はその役員が宅建業法違反で罰金の刑に処せられたときは、免許が取り消され、以後五年間は再取得できない(法第六六条第一項第一号、第三号、第五条第一項第三号の二参照)。

仮に、本件でA社とB社の役員や両社に対する罰金刑が確定すると、両社の免許が取り消され、以後五年間宅地建物取引業を営むことができないことになる。

そうなれば、特に国内有数の総合不動産会社であるA社は、経営の悪化が避けられないばかりか、従業員の雇用に影響が出ることは明らかだ。全国で分譲中の不動産販売ができなくなれば、莫大な損失が発生することは間違いない。

また、本件の書類送検後ではあるが、A社らは本件分譲マンションの管理組合と、約七五億円の補償に関する合意文書（購入価格の二五％の補償と希望者から購入価格での買戻し）を締結していた。

当時、検察には社会の耳目を引く本件の刑事処分について慎重な検討が求められていた。

結局、検察は、本件分譲マンション八戸のうち、三戸の販売の際における重要な事実の不告知は公訴時効が完成していたため不起訴とし、他の五戸の販売の際における重要な事実の不告知は諸般の情状を考慮して起訴を猶予にした。その理由について次のような点を挙げた。

①土壌汚染に関する規制や社会の認識が大きく変化する過渡期に発生したもので、被疑者らに違法性の意識が希薄であったこと

②被疑者らが反省し、謝罪していること

③本件分譲マンションの管理組合との間で基本的な合意が成立していること

④A社とB社のトップが辞任していること
⑤本件で、土壌汚染の事実を告知しないで販売すれば宅建業法に違反することが不動産業界だけでなく、社会的にも周知され、刑事政策の目的は達せられたこと

会社側のコメント等

マスコミは検察の判断を詳しく報道した。

一方、A社とB社は次のような謝罪と反省コメントを出した。

A社「地検の判断を厳粛に受け止め、関係者に改めて深くおわびする。管理組合と合意した確認書に基づき、購入者と誠意をもって協議する」

B社「深く反省している。住民に安心して居住してもらえるよう、環境調査の結果を踏まえ、必要かつ適切な対策工事を実施する」

刑事事件における企業側の公表コメントとして参考になるだろう。

さらにA社はコンプライアンスの態勢強化のため、社外の有識者三ないし四人で構成する社長直轄の特別調査委員会を設置することを公表した。ここで企業体質の改善に関する

提言をするという。

その後、マンションの一部住民が検察審査会に検察の不起訴（起訴猶予）処分を不服として審査を申し立てたが、検察審査会は検察の判断を是認し「不起訴相当」の議決をした。

また、平成一八年法律第九二号により宅建業法第四七条も改正されたため、事実の不告知又は不実の告知の対象となる事項は同条第一項第一号のイ、ロ、ハ、ニとして具体的に明記された。

ニに「イからハまでに掲げるもののほか、宅地若しくは建物の所在、規模、形質、現在若しくは将来の利用制限、環境、交通等の利便、（中略）信用に関する事項であって、宅地建物取引業者の相手方等の判断に重要な影響を及ぼすこととなるもの」と規定された。

ここにいう「宅地の形質」に土壌汚染の事実が含まれ、宅地建物取引業者の相手方等の判断に重要な影響を及ぼすこととなるものと考えられる。

おわりに

いずれにせよ、A社とB社ともトップの引責辞任に追い込まれたが、宅地建物取引業免許の取消しという異例の事態を回避できた。

とはいえ、今回の宅建業法違反事件は、企業トップの現状認識の甘さと社会常識の軽視に起因するものと言っても過言ではない。

渋沢栄一曰く

「社会の実際に徴するに、政治界でも、実業界でも、深奥なる学識というよりは、むしろ健全なる常識のある人によって支配されているのを見れば、常識の偉大なることは言うまでもないのである」（渋沢栄一著『論語と算盤』角川文庫一〇五頁）

企業経営者は、この言葉を噛みしめ、社会常識の修養に努めてもらいたいと思う。

ウニとアワビ

未だ平成二三年三月一一日の東日本大震災の余震が続く。

令和三年二月一三日二三時八分、福島県沖を震源地とする最大震度6強の地震が発生した。

早速、福島県に住むA君にメールで安否を確認すると「凄まじい揺れでした。一〇年前より酷かったです。部屋の中は滅茶滅茶ですが、私は無事です」とのことだった。

「怪我がなくて良かったね。くれぐれも気をつけてくださいね」と返信。

一週間後、A君から続報があった。

「余震で取調べ中に棚の記録が崩れ落ち、パソコンの通信用コンセントが外れて不通になるなど、てんやわんやでした。昨日は、数多くの起訴状の起案に追われて帰宅できない夢を見ました」

「それは大変だったね。何か困ったことはありませんか」と、私が訊ねた。

「特にありませんが、強いて言えば密漁事件の処理について少し悩んでいることぐらいですね。漁業法では、船舶が出入りする大きな港以外の海域には漁業権が設定されています。一般の人が権限なくウニやアワビはもちろんのことですが、区域によってはホッキ貝などを採捕することも漁業法に違反し、密漁として処罰されます。最近、漁業法が一部改正され、アワビやナマコなどの密漁に対する罰則が大幅に強化され、昨年一二月一日から改正法が施行されたからです」

密漁に関する法改正

密漁に関する法改正の内容をA君に確認すると、次のようなものだった。

アワビとナマコを「特定水産動植物」に指定し、権限（漁業権や漁業の許可等）なくこれらを採捕することを禁止する規定（第一三二条第一項）が新設された。この規定に違反した者は三年以下の懲役又は三〇〇〇万円以下の罰金に処す（第一八九条第一号）。

違法に採捕された特定水産動植物又はその製品を、情を知って運搬し、保管し、有償若しくは無償で取得し、又は処分の媒介若しくはあっせんをした者も、同様の刑で処罰する（第一八九条第二号）。

ウニ、ホッキ貝、アサリ、フノリ等を違法に採捕した者は、これまでと同様に漁業権侵害で処罰するが、その罰金額の上限が二〇万円から一〇〇万円に引き上げられた（第一九五条）。もっとも親告罪の規定は従前どおりである（同条第二項）。

早速、法改正の背景を調べるため、水産庁ホームページの「密漁を許さない ～水産庁の密漁対策～」を開くと、

「近年、悪質な密漁が問題になっています。特に、アワビ、ナマコ等は、沿岸域に生息し、容易に採捕できることから、密漁の対象とされやすく、組織的かつ広域的な密漁が横行しています。また、資源管理のルールを十分に認識していない一般市民による個人的な消費を目的とした密漁も各地で発生しています。

密漁は、漁業の生産活動や水産資源に深刻な影響を与える行為です。水産庁は、密漁に

対して厳正に対処するとともに、密漁防止活動に取り組んでいます。

平成三〇年の全国の海上保安部、都道府県警察及び都道府県における漁業関係法令違反（密漁）の検挙件数は、一五六九件（うち海面一四八四件、内水面八五件）でした。

近年では、漁業者による違反操業が減少している一方、漁業者以外による密漁が増加傾向にあります。このような密漁の発生状況を踏まえ、大幅に罰則を強化しました」

との解説があった。

事件処理

以下はA君と私とのやり取りである。

「今回の法改正で大幅に罰則が強化されたので、私のような第一線の検察官は事件処理に悩んでしまいます。アワビやナマコの密漁は、特定水産動植物の採捕禁止違反で懲役刑を求刑できますが、事案によっては懲役刑にするか罰金刑にするか、悩みます。もっとも組織的で広域的に大量に密漁する悪質な事案は懲役刑で良いと思いますが……」と、A君が話を続けた。

罰金で事件処理する場合を考えると、特定水産動植物の採捕禁止違反が三〇〇〇万円以下、漁業権侵害が一〇〇万円以下と、罰金の幅がかなり大きいため、事件毎に求刑する罰金額を決めるのが難しくなる。そのことを私が確認すると、

「違法に採捕されたアワビやウニなどの個数が一つの目安になると思いますが、何個以上なら、いくらの罰金にするのか、実際に処理するとなると結構難しいと思います」とA君が答えた。

「まあ、よく考えて処理してくださいね」

「アワビやナマコは別として、ウニ、ホッキ貝、アサリ、フノリなどの密漁事案についてすべて一律に罰金を取ることには従前から疑問を持っています。水産庁は密漁が漁業の生産活動や水産資源に深刻な影響を与える行為だから取り締まる必要があると言っています。海岸近くに住む人たちが常習的ではなく、偶に数個のウニやホッキ貝を採って食べるのは大目にみてもよいのではないかと思ったりします」

「それも一つの考え方ですね」

「ホッキ貝も採捕が禁止されている海域とそうでない海域があるので、偶々禁止区域で採捕した一般の人から罰金を取ることに躊躇がありますが、その一方で漁業協同組合の多く

が稚貝を放流して育てていることも考慮しなければならないと思っています」

私は、漁業権侵害事案は親告罪なので、誰が告訴権者になるのか気になってA君に質問した。

「告訴権者は漁業権者等です。多くの事案は漁業協同組合の告訴です。通常、海上保安官は、ウニなどの密漁者を検挙すると、漁業協同組合から告訴状の提出を受け、検察庁に事件を送付してきます。今回の法改正で罰則が強化されたため、密漁したウニが一個でも漁業権侵害で告訴する漁業協同組合が多くなるように思います」と言う。

「ウニ一個を密漁した者から罰金を取るべきかどうか、A君も悩ましいところですね」

「任官当初、取締法規に罰則が定められている場合、その違反者を処罰しないと取締りの効果を挙げることができない、だから証拠上違反の事実が認定できたときは原則として起訴するのが検察実務だと教えられました。今でもそのとおりだと思っているのですが、法改正後でも密漁したウニなどの個数が僅かな事案は不起訴（起訴猶予）にできないかと悩み続けています」

「事件には個性があって一様ではありません。検察官は諸般の情状等を考慮し起訴を猶予する権限がありますから、その権限を適正に行使してくださいね」

「そのことも十分理解しているつもりですが、県内の一部の漁業協同組合では、原発事故の影響で稚貝の放流も中止し、未だ漁業が再開できないため、ほそぼそと試験操業をしているそうです。漁場があらされるのではないか、万が一健康被害が出るのではないかと心配しているとも聞いています」

「なるほどね。私が言えるのは、君が検察官としての信念を持って仕事に取り組んでくれることを期待するだけです。そうそう、今の君にピッタリだと思うのだけど、有名な民法学者末弘厳太郎《いずたろう》先生の言葉を思い出したよ」

「どんな言葉ですか」

「先生曰く『役人自らにむかっては、諸君は役人たるまえにまず人間たることを心がけねばならぬ、法律によって思惟せずに、良心と常識とに従って行動せねばならぬ、といいたい』（末弘厳太郎著『嘘の効用』一四七頁）」。

「ありがとうございます。良い言葉ですね。よく噛みしめます。明日から仕事に励みます。くれぐれも新型コロナに気をつけてお過ごしください」

自殺サイト

我が国で新型コロナウイルス感染者が初めて確認されて一年余経過したが、感染は収束せず、先行き不透明だ。

令和三年一月二三日現在、新型コロナウイルス感染者は累計三六万一七二五人、死亡者は五〇五〇人になった（厚生労働省ホームページ）。

一方、警察庁の統計によると、令和二年中の自殺者は二万一〇八一人に上っており、新型コロナウイルス感染による死亡者の約四倍だ。前年より九一二人増加しており、特に若者や女性の自殺が増えているという（警察庁Ｗｅｂサイト「令和二年中の自殺者の状況」）。

新型コロナウイルスの感染が拡大する中、企業のテレワークが普及し、外出自粛を余儀なくされ、人々は対面で他人と接する機会が激減し、これまでとは生活環境が一変した。

勢い、失業等による経済的な困窮や生活様式の変化などでストレスを抱え、心の不安から自殺を考える人が増えているのだろう。

このような状況下にあって、インターネット上には、「管理人よりお知らせ、自殺募集について」「人が死ぬのをずっと見守る見届け人の仕事」「一緒に練炭自殺しませんか?」など自殺者を募る「自殺サイト」が氾濫《はんらん》している。多くの自殺願望者がこれらのサイトにアクセスしているに違いない。

自殺サイト殺人事件

そこで自殺サイトを利用した連続殺人事件を紹介したい。

当時、行方不明になっていた若い女性の死体が河川敷で発見された。警察が犯人としてAという工員(当時三七歳)を殺人容疑で逮捕した。Aは女性の殺害を認め、その後、男子の中学生と大学生を殺害したことを自供した。二人の死体はAの供述どおり山中で発見された。

Aには、人の苦しむ表情や姿を見て強い性的な快感を覚えるという性癖があった。

インターネットの自殺サイトに目を付けたAは、自らの性的な欲望を満たすため、真実は窒息死させて殺害するつもりであるのにその意図を隠し、サイトに「練炭自殺の計画があります。もしよろしければご一緒しませんか」などと投稿し、自殺願望を抱く被害者三人と知り合った。その後メールで連絡を取り合って、一緒に練炭自殺してくれるものと信じ込ませた被害者らを次々と誘い出し、自動車内で窒息死させて殺害した。その後犯行を隠滅するため、被害者らの死体をパンツ一枚の下着姿又は全裸にして山中に遺棄した。

自殺と刑法

我が国の刑法は、自殺を犯罪とせず、不可罰としている。

刑法第一九九条（殺人）は、「人を殺した者は、死刑又は無期若しくは五年以上の懲役に処する」と規定している。ここでいう「人」は、行為者以外の自然人、つまり他人を指し、自らを殺すことは該当しないからである。

なぜ自殺が不可罰とされているのか、その実質的な根拠については諸説ある。

①自殺自体は違法であるが、生存の希望を喪失した自殺者を非難することは残酷であっ

て非難できるものでないから責任が阻却されるとする見解、②生命は個人的法益であり、個人の自己決定権は最大限尊重されるべきものであるから責任を問題にする以前に自殺は違法性を欠くとする見解である。②の見解が多数説である（前田雅英編『条解刑法第４版』六〇九頁、団藤重光責任編集『注釈刑法⑸各則⑶』六二一頁参照）。

自殺を不可罰にしても、他人の自殺に関与する行為は当然に不可罰とすべきものではない。それは他人の生命を否定する行為の一つであるからだ。

刑法第二〇二条は「人を教唆し若しくは幇助して自殺させ、又は人をその嘱託を受け若しくはその承諾を得て殺した者は、六月以上七年以下の懲役又は禁錮に処する」と規定している。前段が自殺関与罪で後段が同意殺人罪であり、同意殺人罪は嘱託殺人と承諾殺人に分かれる。

Ａの事件では、Ａは殺害する意図を隠し「一緒に練炭中毒で自殺しよう」と被害者を欺いたとはいえ、その自殺願望どおり殺害している以上、殺人罪より刑の軽い嘱託殺人罪が成立するかどうかを検討する必要があった。

あらかじめ殺意を持っていた者であっても、自殺を決意している者の依頼を受けてその者を殺害した場合、殺害行為の時点で殺害の嘱託があるときは、殺人罪ではなく、嘱託殺人罪が成立すると解されているからである。

ただし、嘱託殺人といえるためには、殺害の嘱託が被害者の真意に基づくもの、つまり死亡することの意味を熟慮の上、自由な意思に基づくものでなければならない（前掲『条解刑法第4版』六一一頁）。

例えば、脳溢血のため半身不随で入院して回復見込みはなかったが、なお数年間は生命に異常がない状態であった被害者が、用便時や食事のときなどに自分の意のままにならないことに立腹し「死にたい」と口走ったのは、殺害の嘱託をした意思表示と認めることができないとする裁判例がある（東京高裁昭和三三年一月二三日判決・高等裁判所刑事裁判特報五巻一号二一頁参照）。

検察の処分と裁判

警察の捜査で、次のような事実が明らかになった。

Aには、人の苦しむ表情や姿に強い性的快感を得る目的で暴行や傷害事件を起こし、懲役刑で服役した累犯前科があった。今回の犯行の動機も、過去の事件と同様、強い性的快感を満たすためのものであった。

犯行の態様は、被害者らの手足をあらかじめ用意した結束バンドで縛り付け、その口や鼻を手やタオルで塞ぐなどして被害者らを苦悶させ、その挙げ句失神させることを繰り返し、シンナーなどの薬品を嗅がせるなどし、最後には手やタオルで口と鼻を塞いで窒息死させるという冷酷で残虐・非道なものだった。

被害者らは、このような残酷な方法ではなく、練炭中毒による安らかな死を望んでいたばかりか、自分と一緒にAが自殺してくれるものと信じていた。

被害者の女性は、Aから手足を結束バンドで縛り付けられ抵抗できない状態にされた上、いきなり口にガムテープを貼り付けられている。

被害者の中学生は、Aから口を塞がれたときには両足をばたつかせ「お願いやからやめて、こんなことやめて」と言って必死に抵抗していたのに、Aは意に介せず、かえって性的興奮を高めて窒息行為を繰り返している。

被害者の大学生も、「なんでこんなことするんですか。一人で逝きたくない」などと懇願していたのに、Aは「おれの趣味や」などと言い放って被害者の口と鼻をタオルで塞いでいる。

いずれの被害者も、このような性癖があるAが一緒に自殺するつもりがないことを事前に知っていたら、Aの誘いに乗ることはなかったはずだ。

これらの事実関係からすると、被害者らに真意による殺害の嘱託があったと認められないことは明らかである。


検察はAを殺人、未成年者誘拐、死体遺棄などの罪で起訴し、死刑を求刑した。

裁判所は、起訴事実どおり犯罪事実を認定し、量刑について「本件は、三名の尊い人命を奪ったその結果が極めて重大である。犯行は、残忍、冷酷かつ非道であって、各犯行の計画性、巧妙性のいずれにおいても悪質である。遺族の被害感情も峻烈で、社会的影響も大きい上に、被告人の性癖が根深く、その改善が困難である。これらを総合的に考慮すると、被告人の刑事責任は余りにも重い。男性二人の殺害について自首が成立することなど被告人にとって有利な事情もあるが、これらを最大限考慮しても、なお、罪刑均衡の見地からも、一般予防の見地からも、極刑をもって臨むほかない」旨判示し、Aに死刑を言い渡した。

Aの弁護人は、即日控訴したが、その後Aが控訴を取り下げたため、死刑判決が確定し、その二年後にAの死刑が執行された。

昨今、インターネットの普及に伴い、人の命を軽く扱うような情報やサイトが氾濫し、人々の心を汚染し続けている。それが自殺や児童虐待、ひいては想像を超える非道な事件まで引き起こす一因にもなっているように思えてならない。

オレオレ詐欺

特殊詐欺の被害が後を絶たない。

特殊詐欺とは、不特定多数の者に対し電話などで対面することなく信用させ、指定した預貯金口座に振込みその他の方法により現金等を欺《だま》し取る詐欺である。

その手口は次のようなものである。

①オレオレ詐欺（家族、警察官、弁護士等を装い、親族が起こした事件・事故に対する示談金等を名目に金銭等を欺し取るもの）

②預貯金・キャッシュカード詐欺（親族、警察官、銀行協会職員等を装い、「あなたの口座が犯罪に利用されています。キャッシュカードを交換する手続が必要です」などと嘘を言い、キャッシュカードなどを欺し取ったり、隙を見てそれを窃取するもの）

③架空料金請求詐欺（未払いの料金があるなど架空の事実を口実として金銭を欺し取るもの）
④還付金詐欺（税金還付等に必要な手続を装って被害者にＡＴＭを操作させ、預貯金口座間送金により財産上不法の利益を得るもの）
⑤その他（金融商品等取引詐欺、ギャンブル必勝情報提供詐欺、異性との交際あっせん詐欺など）

被害状況と警察庁の取組み

令和元年中に認知された特殊詐欺は一万六八五一件、被害額は約三一五億八〇〇〇万円に上った。

オレオレ詐欺の認知件数は、六七二五件と、前年と比べて約二六・五パーセント減少し、被害額も一一七億六〇〇〇万円だったが、全体の認知件数に占める割合は、約四〇パーセントと依然として高い水準にある。特殊詐欺の被害者の約八四パーセントが六五歳以上の高齢者だという（警察庁ＨＰ「令和元年における特殊詐欺認知・検挙状況等について」）。

警察は、特殊詐欺の検挙に努める一方で、詐欺の被害に遭わないための注意点をホームページに掲載して広報啓発活動を行っている（警察庁ＨＰ「特殊詐欺の手口と対策」）。

例えば、オレオレ詐欺の場合、

「犯人グループは、住所等が記載された電話帳や学校の卒業生名簿など、事前に多くの個人情報を入手してから、電話をかけています。『息子の名前』『同級生の名前』『息子が卒業した高校や大学名』などは、犯人は当然に知っているものと用心する必要があります」とある。その上で、以下のような注意点を挙げている。

①「携帯電話の番号が変わった」と電話がかかってきた場合、振り込め詐欺の可能性があることを考えながら、慎重に会話をすることが大切です。そして必ず元の番号に電話をしてください。

②ご家族と普段から連絡を取り合い、特殊詐欺の対策について話合いをしたり、合い言葉を決めたりしていると、電話がかかってきたときに落ち着いて電話を受けることができます。

③警察や銀行協会等の官公庁や団体から電話があった場合、言われた電話番号を信じることなく、電話帳や電話番号案内（１０４）等で調べる習慣をつけましょう。

④警察官・銀行協会職員だけではなく、他人には絶対にキャッシュカードなどの暗証番号を教えてはいけません。また警察官等が暗証番号を聞くことはありません。

これを読めば、なるほどそうだ、注意しようと思って、事前に家族との間で合い言葉を決めていても、実際に不審な電話がかかってきた場合、合い言葉を忘れてしまい、被害に遭う高齢者が少なくない。

オレオレ詐欺の犯人を検挙するためには、被害者の協力も欠かせない。そこで、警察も、いろいろと知恵を絞り、例えば「だまされたふり作戦」への協力を訴えている。

犯人から被害者方に不審な電話がかかってきたときこそが、犯人を検挙する絶好のチャンスだ。警察は、このような電話を受けた人に欺されたふりを続けてもらった上で、電話を切った後、直ぐに警察への通報をお願いするという作戦だ。

ある詐欺未遂事例

実際に、オレオレ詐欺の被害を免れた老夫婦の話を紹介したい。

ある日、老妻が、自宅にかかってきた電話の受話器を取ると、

「もしもし、×××」と、男が息子の名前を名乗り、

「交通事故を起こして、相手に大怪我をさせてしまった。被害者とは、一〇〇万円を支払うことで話がついた。直ぐ金を振り込んでくれ」

と言った。

老妻は、男の話を途中で遮り、

「何で事故なんか起こしたの。馬鹿やね。どうしようもない子ね。お父さんもいるから電話を代わるよ」と言って、父親に受話器を手渡した。

すると父親が男に説教を始めた。

「おまえは、普段から慌てもんだから交通事故なんか起こすんだ。おまえに車を買ってやったのが、そもそも間違いだった。おまえは、……」

突然、男の電話が切れた。

老夫婦は、「少し言い過ぎたかな」と互いに顔を見合わせた。

「そうね、息子の話をちゃんと聞いてあげないといけないね」

「そうだなあ」

直ぐに老妻は息子の携帯に電話をかけた。

「お母さんよ。さっきはごめん。私もお父さんも言い過ぎて……」

と電話に出た息子に謝った。

「何のこと?」

「交通事故を起こしたと言って電話してきたでしょう」

「オレ、事故なんか起こしてないし、電話もしてないよ」

「エー! 本当?」

「それって、オレオレ詐欺じゃないの。お母さん、欺されたらあかんで!」

「分かったわ。たまには家に顔を見せてね」

と言って、老妻は電話を切った。

老夫婦は、もう少しでオレオレ詐欺の被害に遭うところだったと、胸をなで下ろしたという。

詐欺の電話をかけてきた男(「かけ子」という)は、老夫婦に「マニュアル」にない対応をされたため、面食らって電話を切ったのであろう。

オレオレ詐欺の防止対策の一つに「不審な電話には想定外の対応をすること」を加える

べきかも知れない。

アポ電強盗

最近、警察は特殊詐欺の摘発を強化しているが、その一方で新たな手口が出現するようになった。その一つが「アポ電強盗」である。

例えば、被害者の個人情報を入手した犯人が、被害者の息子などに成りすまして電話をかけ、「家に現金がいくらあるか」を訊き、被害者がこれに「今、家に数百万円ある」と答えると、その数日後に、犯人が警察官などを装って被害者方に入り込み、被害者に暴行・脅迫を加えて現金を強取するというものだ。

平成三〇年に東京都民から警視庁に寄せられたアポ電がかかってきたとの通報は、三万四六五八件に上っており、通報件数は毎年一万件ずつ増えているという（ＮＨＫの「クローズアップ現代」平成三一年四月二三日放送より）。このような現状を見るまでもなく、今や早急なアポ電対策が迫られていることだけは間違いない。

国民生活センターも、市民から寄せられたアポ電についての相談事例をホームページで公表した上、例えば、①着信番号通知や録音機能を活用し、知らない番号からの電話には慎重に対応すること、②家族構成や資産状況を聞かれたら直ぐに電話を切ること、③家族を名乗る電話は一度切ってから家族にかけ直すことをアドバイスして注意を呼びかけている。

我々一人一人が、不審な電話があった場合に備え、それぞれに見合った具体的な対応策を考えておく必要があるだろう。

罪を犯した人の更生

検察には、検察の精神及び基本姿勢を示す「検察の理念」がある。

第一条の「国民全体の奉仕者として公共の利益のために勤務すべき責務を自覚し、法令を遵守し、厳正公平、不偏不党を旨として、公正誠実に職務を行う」から始まる、一〇箇条からなる規程だ。

罪を犯した人の更生に関し、第八条は「警察その他の捜査機関のほか、矯正、保護その他の関係機関とも連携し、犯罪の防止や罪を犯した者の更生等の刑事政策の目的に寄与する」と規定している。

ふと、「権力を持つ検察の本当の役割は、どうすれば罪を犯した人が立ち直れるかを考えることである」という元検事総長原田明夫さんの話を思い出した（原田明夫「裁くこと、赦すこと」・ラジオ深夜便二〇〇九年五月号所収三五頁参照)。そこで検察官が罪を犯した若者の更生を考えて捜査処理した事件(一部を加工)を紹介したい。

事件の概要

秋田生まれのAは、幼少時に父親と死別し、母親一人に育てられながら地元の中学校に通っていた。同級生からいじめを受け、引きこもり、母親にも暴力を振るうようになった。何とか立ち直り中学を卒業したが、母親とは不仲のままだった。

高校卒業後、仙台市内の運送会社に就職。三年後に大型免許を取得し、長距離トラックの運転手として働くようになった。母親とはほとんど連絡を取っておらず、安アパートで一人暮らしをしていた。

ある日、A(当時二五歳)は、荷物を積載した長距離トラックを運転し、仙台港から名古屋港行きのフェリーに乗船した。

通常、フェリーでは車の運転手の乗客は車を甲板に止めた後、客室に移動しなければならない。フェリーの乗組員は定刻になると甲板を巡回して人が居ないかどうかを確認した後、甲板の出入り口を施錠する。そのため一旦施錠されると、乗客は客室から甲板、又は甲板から客室に出入りできなくなる。

乗船後のAは、自分のトラックの運転席で携帯電話を操作してゲームを楽しんでいたが、そのうち車内で寝込んでしまった。甲板を巡回中の乗組員はAが車内に残っていることに気付かず甲板の出入り口を施錠した。

朝、目覚めたAは、客室に上がろうと思い、甲板の出入り口まで行ったが、施錠されていたため客室に上がることができなかった。折角、客室でゆっくり休もうと思っていたのに、それができず苛つき、日頃から給料が少ないことにも不満を募らせていた。

鬱積した気持ちが高じたAは、憂さ晴らしのため、運転席に置いていた工具箱からカッターナイフを取り出し、前方に駐車中の運送トラック二台に近付き、各給油ホースを次々とナイフで切り取った。その結果、給油タンクから軽油が流出し、フェリーの甲板に拡散した。

フェリーが名古屋港に到着前に、乗組員が、甲板の出入り口の施錠を解除し、甲板に入って巡回中、二台の運送トラックから軽油が流出しているのを発見した。直ぐに巡回業務を中断し、急いで軽油が海に流れ出さないよう防除作業を行った。そのためフェリー会社の運航業務に支障が出た。その過程で、乗組員は近くに駐車中のAのトラック内に人が居る気配を感じて不審に思い、船長にその旨報告をした。船長はN海上保安部にフェリーにおける軽油流出事案の発生を通報した。

N海上保安部の海上保安官は、フェリー着岸後に乗船し、トラックの運転席にいたAを職務質問し、犯行を認めたAをN海上保安部まで任意同行して通常逮捕した。

なお、海上保安官は、特別司法警察職員として、海上を航行中の船舶で発生した事件など「海上における犯罪」の捜査権限が認められている（刑事訴訟法第一九〇条、海上保安庁法第三一条参照）。

一方、トラック運送会社では、被害に遭ったトラックが給油ホースの修理を終えるまで運転できなかったため、荷物の運搬業務が遅延した。

事件送致と処分

翌日、Aは器物損壊と威力業務妨害の容疑でN海上保安部から検察庁に身柄付きで送致された。

検察官はAの弁解を聴取して勾留請求をした。一〇日間の勾留が認められた。

Aは犯行を当初から認め、軽率な行動を深く反省し、過去に母親に暴力を振るったことなども正直に供述した。検察官は被害者や勤務先への謝罪の言葉を何度も口にする木訥なAに心を寄せた。

Aの母親は、海上保安官から電話でAが刑事事件を起こして勾留されていることを知らされ、申し訳なさと共にAがどのような処分になるのか不安に駆られた。毎日のようにN海上保安部に電話をかけて「息子はどんな様子ですか。早く釈放してください」などと懇願していた。

一方、Aは、海上保安官から母親がAのことを大変心配して電話をかけてきたことを聞かされ、仲が良くなかったとはいえ母親に心配を掛けて申し訳ないという気持ちが強くなっていた。

Aの勾留期限が迫ったある日、検察官はAの処分について検討を加えた。

法定刑は、器物損壊罪が「三年以下の懲役又は三〇万円以下の罰金若しくは科料」(刑法第二六一条）、威力業務妨害罪が「三年以下の懲役又は五〇万円以下の罰金」（刑法第二三四条）である。

本件では二台のトラックの給油ホースの修理代が弁償されていない。運送会社の運搬業務に支障を及ぼし、荷主にも損害を与えている。フェリー会社も運航業務に遅れが出た。いずれの会社もAの処罰を求めている。しかも犯行動機も身勝手で斟酌《しんしゃく》できるものではない。流出した軽油に引火し、重大な惨事になるおそれが全くなかったとはいえない。そうすると、一般的には本件は公判請求するのが相当な事案といえるだろう。

仮にAを公判請求すると、起訴後もAの身柄拘束が続く。弁護人が保釈請求し、保釈が許可されても、当時、給料も少なく、車のローンの返済を続けていたAの資力では保釈保証金を納付できないことは明白だ。

その一方で、本件が偶発的な犯行であること、Aには前科前歴がなく定職に就いていること、反省の情や弁償の意思があること、勤務先もAの継続雇用を約束し、被害弁償への協力を表明していること、母親がAを案じていることなど有利な情状もある。

結局、検察官は、Aが更生することを期待し、同時に母親との関係を再構築させる機会を与えるのが相当だと考え、敢えて罰金で事件を処理することとし、その処分方針で上司の決裁を了した。

このような事件処理をする場合、検察官は、簡易裁判所に対し、Aから徴取した請書（略式手続に異議のない旨の書面）と検察官の科刑意見書を添え、罰金の仮納付の裁判の請求を併せて略式命令の請求をする。略式命令が発付されると、Aは釈放されるが、Aには罰金を仮納付するだけの資力がない。

検察官は、電話でAの母親に、

「もし息子さんの事件を罰金にすれば、息子さんを迎えに来てくれますか。お金も準備できますか」と打診した。

母親は「息子のことで大変ご迷惑をおかけしました。直ぐにでもお金を用意して、息子を迎えに行きます」と、喜んで承諾した。

勾留満了日、検察官はAに「公判請求も検討したが、今回に限り罰金にする」と申し渡してAから請書を徴した後「君のお母さんが秋田から迎えに来てくれるそうだ」と伝えた。すると、母親が秋田から自分を迎えに来ることを知ったAは、驚きの表情を見せ、目には涙を溜めていた。

検察官は、罰金の科刑意見を付けて略式命令の請求をし、そのとおり略式命令が発付された。名古屋までAを迎えに来た母親は、Aに代わって罰金を仮納付した後、検察官にお礼を言い、釈放されたAと共に帰って行った。

かくして検察官は、原田さんのいう「検察の本当の役割」を果たしたのである。

死体解剖

最近のテレビドラマでは「監察医　朝顔」の視聴率が高い。

主演は上野樹里。大学の法医学教室で働く朝顔先生が死因究明のため犯罪死等の疑いのある遺体を解剖して事件の解決に寄与する姿を描くドラマだ。伏線として父の元刑事が東日本大震災で行方不明になったままの妻を探す物語でもある。

遺体の執刀前に毎回、朝顔先生が「教えてください。お願いします」と、遺体に語りかけるシーンが流される。死因解明に取り組む朝顔先生の真摯《しんし》な姿が美しい。

毎週、妻もドラマを見るのを楽しみにしている。どうも、時代の先端の洋服を着こなす朝顔先生が娘の「つぐみ」らと暮らす家庭の描写に魅力を感じているようだ。ほのぼのとした雰囲気が醸し出され、単なる事件物でないドラマであるところにも人気の秘密があるのかも知れない。私はと言えば、ドラマに若干の違和感を覚える。

その一つが「監察医 朝顔」のタイトルだ。


我が国では、公衆衛生向上等の目的で伝染病、中毒、災害等により死亡した疑いのある死体その他死因不明の死体を解剖することが許されている（死体解剖保存法第八条、食品衛生法第五九条、検疫法第一三条参照）。これを「行政解剖」と呼ぶ。

特定の地域（現在では東京都の区、大阪市、神戸市）では、監察医制度が設けられている。監察医は知事に任命され、東京都監察医務院、大阪府監察事務所又は兵庫県監察医務室解剖室で行政解剖を行う。大学の法医が監察医を兼務していることが多い。

承諾解剖は、遺族の承諾を得て死因を究明するために行う解剖をいい、大学の法医学教室等で行われている。

司法解剖は、警察が捜査上死因究明のため変死体又は変死や犯罪死の疑いのある死体について、裁判官の鑑定許可処分状により鑑定の嘱託を受けた医師が行う解剖である（刑事訴訟法第二二三条第一項、第二二五条）。

ドラマで朝顔先生が行う遺体（死体）の解剖は、司法解剖であって、監察医による行政解剖ではない。

要するに「監察医 朝顔」というタイトルは実態と合っていない。「法医 朝顔」とするのが相応しいと思うが、「監察医」の方が視聴者に受け入れやすいのかも知れない。

死因究明体制と新法

我が国の死因究明体制は、諸外国に比べ必ずしも十分なものとは言い難い。病死と判断して犯罪死を見逃す事例も起きている。東日本大震災の際に遺体の身元の確認作業が困難を極める苦い経験をした。そのため体制の整備・充実が急がれていた。

平成二四年には議員立法で「死因究明等の推進に関する法律」が制定された。同法に基づく死因究明等推進計画による施策に関し、必要な取組みが進められたが、同法は時限立法のため、同二六年九月に失効した。

同法と共に成立したのが「警察等が取り扱う死体の死因又は身元の調査等に関する法律」(以下「死因・身元調査法」という)で、同二五年四月一日に施行された。

死因・身元調査法により、司法解剖や行政解剖の対象外であって警察等(警察及び海上保安庁）が取り扱う死因又は身元不明の死体について、警察署長が、司法手続を要せず、死因を明らかにするために検査（体液等採取による薬物又は毒物検査、死体内部撮影による画像診断）や解剖（以下「調査法解剖」という）のほか、身元確認のために組織の一部の採取等の措置を医師に行わせることができるようになった（第五条、第六条、第八条）。

死因・身元調査法の成立を契機に神奈川県では監察医制度を廃止した。

因みに、文部科学省高等教育局医学教育課「死因究明の推進にかかる取組について」によると、大学における解剖実施件数は、平成二五年が一万二四二〇件で、平成二七年の一万三〇二八件をピークに、一万二〇〇〇件余で推移しており、令和元年は一万二〇六八件だった。

内訳をみると、司法解剖は、平成二五年が八七七四件で、平成二六年の八九四九件をピークに、ほぼ横ばいで推移しており、令和元年が八五八一件だった。

調査法解剖は、初年度の平成二五年が一三一九件、同二六年が一七二一件であり、その後も増加傾向にあって、令和元年は二三七三件に上っていた。

監察医解剖は、平成二五年が一三一九件だったが、平成二八年には三四七件に激減し、令和元年には〇件だった。

承諾解剖は、平成二五年が一〇三八件で、その後一〇〇〇件前後で推移し、平成二九年の一四六六件がピークとなり、令和元年が一一一四件だった。

その一方で、大学の法医学教室で司法解剖等を行う教員（常勤医）と大学院生（医師）の数は、平成二二年当時、教員が僅か一四一人に過ぎず、大学院生は五七人だった。その後増加しているが、令和二年でも教員は一五二人だ。一〇年間で一一人しか増えていない。大学院生は逆に一二人減の四五人である。誠に脆弱な死因究明体制と言わざるを得ない。

さらに、今後高齢者の孤独死など死亡数の増加が予想されることや、大規模災害で困難を極める死体の身元確認作業に備え、災害対応を強化する観点からも、死因究明や身元確認体制について更なる整備・充実させることの重要性が高まっていた。

これらの事情を踏まえ、令和元年六月一二日、議員立法で死因究明等に関する施策を推進するための恒久法として「死因究明等推進基本法」が制定された。同法は令和二年四月一日に施行された。

同法は「死因究明等に関する施策を総合的かつ計画的に推進し、もって安全で安心して暮らせる社会及び生命が尊重され個人の尊厳が保持される社会の実現に寄与する」ことを目的とし、死因究明等の推進に関する基本理念、国・地方公共団体の責務、大学による人材育成・研究の努力義務を定めた。

死因究明等に係る基本的施策として、
①死因究明等に係る専門的な医師等の人材の育成及び資質の向上と適切な処遇の確保
②大学等における死因究明等に関する教育研究施設や拠点の充実と整備
③死因究明等を行う専門的な機関の全国的な整備
④警察等による死因究明等のため、警察等における調査等の実施体制の充実
⑤医師等による死体の検案及び解剖等の実施体制の充実
⑥死亡時画像診断の活用等死因究明のための死体の科学調査の活用
⑦身元確認のための死体の科学調査の充実と身元確認に係るデータベースの整備
⑧死因究明により得られた情報の活用と遺族等に対する説明の促進
⑨死因究明により得られた情報の適切な管理
が定められた。

そのほか、次のような規定が置かれた。

政府は、到達すべき水準や個別的施策等を定めた死因究明等推進計画を閣議決定により定め、その実施状況の検証・評価・監視を行い、三年に一回、同推進計画の見直しを行う。

厚生労働省に特別の機関として、死因究明等推進本部を置き（本部長・厚生労働大臣）、①推進計画案の作成、②関係行政機関相互の調整、③施策の実施状況等の検証・評価・監視等を行う。地方公共団体は、死因究明等に関する施策の検討や、その実施状況等の検証・評価のための死因究明等推進地方協議会の設置に努める。

司法解剖鑑定書

死因究明等推進基本法が施行されたとはいえ、司法解剖鑑定書の未作成問題が残る。

平成三〇年五月三日付けの「産経ニュース」は、

「司法解剖が平成二七年と二八年、全国で計一万六七五〇件実施された一方、捜査当局の委託を受けた大学などの解剖医による当局への鑑定書提出件数は両年度で計一万三五三〇件だったことが二日、警察庁の開示資料などで分かった。統計が暦年と年度で単純比較はできないが、三千件以上の違いがあり、年間、千件単位で鑑定書が未作成だった可能性がある。複数の大学は背景として法医学分野の人材不足を挙げる。作成は法律で義務付けられていないが、専門家は『鑑定書がなければ解剖医の死亡などで過去の事例が検証できず、犯罪を見逃す恐れがある。早急に改善すべきだ』と指摘する。警察庁によると二〇一〇年（平成二二年）以降、検視や解剖などで事件性なしとされた遺体が後に犯罪死と判明したのは五四件。同庁は『早期に提出を受けるよう指導している』という」と報じた。

かつて、大学の法医学教室で司法解剖終了後、口頭で死因を述べるだけで、司法解剖鑑定書を作成してくれない教授もいた。警察としては解剖補助をした警察官が作成する捜査報告書で鑑定書に替えるしかなかった。

これは個人の資質の問題ともいえるが、一般に大学教授が授業や研究などに追われ、鑑定書作成に充てる時間が十分にとれていないことも一因だろう。さらに鑑定人に支払われる謝金が少ないことも影響していたように思う。

平成二一年当時も、警察から鑑定人に司法解剖謝金と死体鑑定謝金が支払われていたが、司法解剖謝金は、教授級が一時間八九四〇円、准教授（講師等を含む）が一時間七四六〇円の時間給だった。死体鑑定謝金は鑑定書一枚当たりの単価を二三三〇円とし、執筆謝金に判断料の五〇〇〇円を加えて計算されていた（同年三月三一日付け警察庁通達「司法解剖に伴う経費について」及び事務連絡）。

最近では、予算上の制約がある中、司法解剖謝金は若干増額され、死体鑑定謝金は判断料加算を廃止し、鑑定書の一定枚数に応じた基準額が支払われているという。

おわりに

かつて、ある大学の法医学教授が「昔から法医学はマイナーな学問だというイメージが強い。大学に法医学専門家のポストも講座数も少ないため、人材が集まりにくい」と、嘆いていたことを思い出す。

前述のとおり、司法解剖等を行う大学の教員（常勤医）は、令和二年時点でも僅か一五二人で、医師の大学院生四五人を含めても解剖に従事できる医師は二〇〇人にも満たない。未だに脆弱な死因究明体制だが、一部の大学では、法医学分野の教員ポストを確保し、一ないし四名を雇用する動きもある。政府も「死因究明等に係る医師等の人材の育成、資質の向上」や「死因究明等に関する教育・研究の拠点の整備」に向けて積極的に取組みを推進していると聞く。期待を込めて注視していきたい。

通信傍受

我が国では、犯罪捜査のために裁判官の発する傍受令状により、通信当事者のいずれの同意を得ることなく特定の犯罪に関連する通信（電話、ＦＡＸ、電子メール等）の傍受を行うことができる。毎年、政府は通信傍受の実施状況等について国会に報告し、併せてこれを公表しているが、一般には余り知られていない。

平成一一年八月一二日、通信傍受を可能にする「犯罪捜査のための通信傍受に関する法律」（以下「通信傍受法」という）が成立し、翌年八月一五日から施行されている。通信傍受法と同時に成立した「刑事訴訟法の一部を改正する法律」に「通信の当事者のいずれの同意も得ないで電気通信の傍受を行う強制処分については、別の法律で定めるところによる」との規定（刑事訴訟法第二二二条の二）が新設され、この規定により、通信傍受法第三条に「裁判官の発する傍受令状により特定の通信を傍受できる」旨の規定が置かれたのである。

因みに、通信傍受法が施行されて既に二〇年余経過した。そこで、通信傍受法の立法目的、通信傍受の要件・手続や運用状況等を概観した上で、最近新たに導入された通信傍受方法を紹介し、今後を展望したいと思う。

立法目的

通信傍受法の立法目的については、関口新太郎「通信傍受実施上の留意点」(『警察基本判例・実務200』所収二九二頁)に詳しい。

要するに、当時、薬物・銃器犯罪、暴力団犯罪の深刻化、組織的な集団密航事件の発生など、犯罪組織による重大犯罪が社会の重大な脅威となっていた。これら組織犯罪では、入念に犯行を準備し、犯行後も証拠隠滅工作を行うのが実態だ。そのため首謀者をはじめ共犯者を特定することは困難を極めていた。その一方で、犯人らの間で携帯電話等の通信手段を用いて相互に指示・連絡が行われることが多かった。これらの通信について通信の秘密を不当に侵害することなく傍受できれば、事案の真相を解明することに資すると考えられたからである。

通信傍受の要件・手続等

通信傍受法では、憲法第二一条二項後段で保障する「通信の秘密」を不当に侵害しないために通信傍受の対象犯罪・要件や実施手続が詳細に定められている。

(1) 通信傍受の対象犯罪

当初、①薬物関連犯罪、②銃器関連犯罪、③集団密航に関する罪、④組織的な殺人の罪の四類型に限定されていた。

その後平成二八年五月の通信傍受法の一部改正で(施行日は同年一二月一日)対象犯罪が拡大された。組織性のある①爆発物の使用、②現住建造物放火、③殺人、④傷害・傷害致死、⑤逮捕監禁、⑥略取・誘拐、⑦窃盗・強盗・強盗致死傷、⑧詐欺・恐喝、⑨児童ポルノ関係の罪の九類型が追加され、一三類型の犯罪が対象になった。

(2) 傍受令状の請求権者等

傍受令状を請求できる者は、検察官（検事総長が指定した検事に限る）又は司法警察員（国家公安委員会又は都道府県公安委員会が指定する警視以上の警察官等）に限られる。また地方裁判所の裁判官に請求しなければならない（第四条第一項）。

(3) 通信傍受の要件

通信傍受が認められるのは、対象犯罪に関連する通信が行われると疑うに足りる状況にあり、かつ、他の方法では、犯人を特定し、犯行状況や内容を明らかにすることが著しく困難なときに限られる（第三条第一項）。

さらに、対象犯罪に対応し、

①対象犯罪が犯されたと疑うに足りる十分な理由があること（同項第一号）

②対象犯罪が犯され、かつ、引き続き同様の犯罪が犯されると疑うに足りる十分な理由があること（同項第二号）

③死刑又は無期若しくは長期二年以上の懲役若しくは禁錮に当たる重大な罪が対象犯罪の準備のためにこれと一体のものとして犯され、かつ、引き続き対象犯罪が犯されると疑うに足りる十分な理由があること（同項第三号）

が必要とされており、いずれの場合も、数人の共謀によるものであると疑うに足りる状況

別表１　通信傍受の実施状況１

年	実施事件数	令状発付件数	事件の種別	逮捕人員
平成12年	0			
平成13年	0			
平成14年	2	4	薬物関連犯罪２事件	8
平成15年	2	4	薬物関連犯罪２事件	18
平成16年	4	5	薬物関連犯罪４事件	17
平成17年	5	10	薬物関連犯罪４事件 組織的殺人・拳銃加重所持１事件	20
平成18年	9	21	薬物関連犯罪９事件	29
平成19年	7	11	薬物関連犯罪７事件	34
平成20年	11	22	薬物関連犯罪８事件 拳銃加重所持２件 組織的殺人・拳銃加重所持１事件	34

になければならない（第三条）。

(4) 傍受期間

通信傍受できる期間（以下「傍受期間」という）は、一〇日以内で、延長も可能だが、その場合も一〇日以内とされ、最大でも最初の一〇日を含め三〇日を超えることができない（第七条第一項）。

通信傍受の実施状況

通信傍受法施行後一〇年間における通信傍受の実施状況は別表1のとおりである（前掲関口論文二九四頁参照）。

当初の二年間は傍受令状の請求がなく、通信傍受は実施されなかった。平成一四年に薬物関連犯罪二事件について傍受令状が四件発付され、初めて通信傍受が実施された。その後も、令状発付件数は、年間一〇件以下で推移し、平成一八年に薬物関連犯罪九事件について二一件、平成二〇年に薬物関連犯罪等一一事件について二二件発付されている。もっとも、逮捕人員数は、平成一四年が八人だったものが、平成二〇年には三四人と、確実に増加している。

このような我が国における傍受令状の発付件数は欧米諸国と比較すると、極めて少ない。平成二四年当時のデータだが、英国や米国では、年間の傍受令状発付件数は、いずれも約三四〇〇件、ドイツでは約二万四〇〇〇件を数えているという（警察庁Ｗｅｂサイト「特集：変容する捜査環境と警察の取組」参照）。

通信傍受手続の問題点

我が国で通信傍受の実施件数が少ないのは、当初、通信傍受の対象犯罪が四類型に限定されていたことに加え、通信傍受の実施手続に制約が多いことに一因があったように思われる。

通信傍受は、通信事業者の施設において事業者の常時立会いの下に、リアルタイムで行うため捜査機関、通信事業者双方にとっても大きな負担になっていた。

まず、通信事業者側は、一定の期間、傍受実施のための設備のある部屋を確保する必要がある上に、傍受に当たり、常時、通信管理者の従業員を立ち会わせなければならなかった。その分従業員の本来の業務に支障が出ていた。

一方、捜査機関側も、複数の捜査員が通信事業者の施設に出向く必要があり、東京に通信事業者の施設がある場合には、遠隔地にある捜査機関にとっては何かと負担が大きかった。さらに、二四時間態勢で傍受を行う必要があっても、立会人の確保が極めて難しく、断念せざるを得ないため、本来通信傍受できたはずの犯罪関連通話を傍受できなかった事例は少なからずあったと推測されている（川出敏裕「通信傍受法の改正について」東京大学法科大学ローレビュー一〇六頁以下参照）。もっとも、主要な先進諸国では立会人なしでの通信傍受が認められている。

また、傍受期間に行われた通信について、傍受すべき犯罪関連通信に該当するかどうかを判断しなければならない。そのためには該当するかどうか明らかでない通信であっても必要最小限の範囲内で傍受し、その結果、該当性なしと判断すれば、傍受を一旦中断しなければならなかった。いわゆるスポット・モニタリング（断続的に短時間の傍受を繰り返す方法）による傍受が行われていた。このような傍受方法が傍受担当者にとっては精神的な負担を強いるものになっていた。

少し脱線するが、私は昭和五五年に法務省から盗聴捜査の実情を調査・研究するため米国に派遣された。

当時、米国の連邦法では、裁判官の発する盗聴令状に基づき、立会人なしで盗聴できた。その期間は、最初が三〇日以内、延長すれば更に三〇日以内に盗聴捜査ができ、実際の盗聴日数は平均約二〇日だった。

ワイヤータップ（有線による電話傍受）による盗聴捜査では、通常、捜査員数名が一日三交代制で盗聴基地となるホテルなどの部屋に詰め、二四時間、スポット・モニタリングの方式で行われていた。そのため一日一〇名以上の捜査員が必要だった。

しかも人件費が高いので盗聴実施期間が長くなれば捜査費用が嵩む。捜査員の多くは、夜間や週末の盗聴捜査に従事することを好まない。将来、弁護人から盗聴による証拠排除の申立てが行われ、捜査員が審問等で証言を求められることが多いため、その精神的な負担は大きいものがあった。

これらの諸事情から米国の盗聴捜査については捜査員の確保が課題の一つだった（拙著「米国における盗聴捜査の実情について」判例タイムズ四四二・四四三・四四四号所収参照）。

新たな通信傍受方法の導入

我が国の通信傍受の現状や近年の暗号技術等の情報処理技術が著しく進歩していることなどを踏まえ、より効率的・効果的な通信傍受を可能にするため、平成二八年五月に通信傍受法が一部改正され、従来の通信傍受方法に加え、「一時的保存型傍受」と「特定電子計算機使用型傍受」という新たな傍受方法が導入された。改正法は令和元年六月一日に施行された。

①一時的保存型傍受

捜査機関が、裁判官の許可を受けて通信事業者の通信管理者等に命じ、傍受期間に行われるすべての通信について裁判所提供の変換符号を用いて原信号を暗号化させて当該暗号化信号を一時的に保存させる。その後、通信事業者の施設において、通信管理者等に命じ、これを復元させた上、再生して通信を傍受するもの。この場合、従前どおり通信事業者を立ち会わせなければならない。

②特定電子計算機使用型傍受

捜査機関が、裁判官の許可を受けて通信事業者の通信管理者等に命じ、傍受期間に行われるすべての通信について、裁判所提供の変換符号を用いた原信号を暗号化させた上、これを捜査機関の施設の特定電子計算機に伝送させる。

この場合、

a　暗号化信号の受信と同時に、裁判所提供の対応変換符号を用いて復元し、再生した通信を傍受すること

b　暗号化信号の受信と同時に、特定電子計算機に一時的に保存し、事後的にこれを復元し、再生して通信を傍受すること

のいずれかの方法で傍受をするもの。

特定電子計算機使用型傍受においては、機器の技術的措置等から通信事業者の通信管理者等による立会いは不要とされたが、傍受令状は通信管理者に示す必要があることは従来と変りはない。

なお、刑事訴訟法等の一部を改正する法律案に対する参議院の付帯決議では、「特定電子計算機を用いる傍受の実施においては通信事業者等の立会いがなくなることから、同時進行的な外形的なチェック機能を働かせるため、通信傍受の対象となっている犯罪の捜査に従事していない検察官または司法警察員を立ち会わせること」を求めていた。

付帯決議を受けて警察では、通信傍受場所において傍受・再生の実施状況について適正を確保するため、通信傍受の対象となっている犯罪の捜査に従事していない警部以上の警察官の中から、「傍受指導官」を指名し、通信傍受等に従事する捜査員に必要な指導等を行わせることとした（警察庁通信傍受規則第六条参照）。

最近の通信傍受の実施状況

新しい傍受方法が導入された結果、通信傍受の実施状況にどのような変化が生じたのだろうか。平成二八年以降の実施状況は別表2のとおりである（法務省ホームページ「通信傍受実施状況等に関する公表」より）。

通信傍受法制定当初と比べると令状発付件数や逮捕人員数が大幅に増加し、事件の種別

別表２　通信傍受の実施状況２

年	実施事件数	令状発付件数	事件の種別	逮捕人員
平成28年	11	40	組織的殺人１事件 薬物関係犯罪５事件 拳銃加重所持４事件 電子計算機使用詐欺１事件	33
平成29年	13	49	窃盗４事件 詐欺３事件 恐喝２事件 監禁致死１事件 逮捕監禁１事件 強盗致傷１事件 拳銃加重所持１事件	61
平成30年	12	46	薬物関連犯罪３事件 詐欺３事件 詐欺・電子計算機 使用詐欺１事件 薬物関連犯罪３事件 窃盗１事件 恐喝・恐喝未遂２事件 殺人１事件 拳銃加重所持・殺人１事件	82
平成31年 令和元年	10	31	薬物関連犯罪４事件 窃盗２事件 窃盗・詐欺１事件 詐欺１事件 殺人未遂　１事件 強盗致傷　１事件	48
令和２年	20	50	薬物関連犯罪12事件 窃盗１事件 詐欺２事件 恐喝・同未遂１事件 強盗殺人１事件 強盗・強盗致傷１事件 拳銃加重所持・譲渡２事件	152

も偏りが少なくなっていることが分かる。令和二年中の傍受令状の発付件数が五〇件、実施事件数が二〇事件、逮捕人数が一五二人と、いずれも前年を大きく上回っている。

犯罪捜査のための通信傍受は捜査手法としてほぼ定着しており、今後更に有力な武器として積極的に活用されることが期待される。

国会質問

令和二年一一月二五日、河野太郎行政改革・国家公務員制度担当大臣は、記者会見で、霞が関の府省庁で働く国家公務員について一〇月、一一月の正規勤務時間外の「在庁時間調査」結果を発表した。

幹部候補のキャリアと呼ばれる総合職のうち、二〇代の約三〇％が過労死ラインの目安とされる月八〇時間を超え、三〇代でも約一五％がこれに該当した。若手官僚の長時間労働の実態が浮き彫りになっている。内閣人事局によると、国会議員の国会質問の対応や政策の企画立案、予算編成作業が要因となっているという。河野大臣は、近年、自己都合を理由とした二〇代の総合職の退職が増加している背景には長時間労働で家庭との両立が難しいとの不安があるとみて、調査を指示していた（令和二年一一月二五日付け産経新聞夕刊

「Pick up news」参照)。

かつて法務省入国管理局(以下「入管局」という)の局長だった私の経験からいうと、中でも国会質問の対応が若手官僚の長時間労働の大きな要因だと思う。

当時、私は、国会の法務委員会はもとより、内閣・総務・外務・外交防衛・文部科学・厚生労働・国土交通・予算・決算等の各委員会に政府参考人として出席し、何度も答弁をした。

国会における政府の正確な答弁や建設的な議論のために、慣例として国会議員が国会での質疑に先立ち、政府側に質疑内容を通知することが行われている。これは「質問通告」と呼ばれている。議員は、原則として質疑の二日前の正午までに質問通告するという通告ルールがあるが、ほとんど守られていなかった。質疑の前日に通告する議員が多く、通告は前日の午後五時以降になっていた。

質問通告の政府側の窓口は、国会内の国会連絡室で、ここには各省庁の国会担当課(法務省の場合は官房秘書課)の職員が連絡役として詰めている。

国会連絡室では、質問通告の内容が議員によって様々で、題名や項目だけのものもあれば、詳細に及ぶものもあることから、正確な答弁を用意するため、通常、国会担当課の職員が議員会館に出向き、議員に対し、答弁を求める相手（大臣か政府参考人か）を確認し、質問の趣旨・内容を聞き取る「質問取り」を行った上で、各省庁の担当部局に答弁案の作成を割り振るのである。その後担当部局では、答弁案の起案に取りかかることになる。

入管局は、対応する国会質問の少ない局の一つだったが、私の局長在任当時、出入国管理及び難民認定法（以下「入管法」という）を一部改正したほか、入管局が対応すべき問題や事件が数多く発生したため、質問通告が急増した。

主なものを挙げると、次のとおりである。

①平成一三年五月一日、北朝鮮労働党総書記金正日の長男金正男ら四人が偽造ドミニカ旅券を所持して成田空港から不法入国したため、入管局は同人らを収容した後、国外に強制退去させる手続を行った。

②同年九月一一日、アメリカ同時多発テロが発生した。入管局は、アルカーイダ等のテロリストの入国阻止・偽造変造文書対策の強化を迫られた。

③同年一〇月七日、米軍等ＮＡＴＯ・多国籍軍が対テロ作戦の一環としてアフガニスタ

ンを空爆し、紛争が勃発した。その影響でアフガニスタン人の難民申請が急増し、これを契機に日本の難民認定制度に対する批判が高まり、法務省では難民問題に関する専門部会を立ち上げた。

④同年一一月三〇日、入管法の一部を改正する法律が成立した。これによりワールドカップの開催に際しフーリガンの入国阻止や退去強制が法的に可能になった。

⑤平成一四年五月八日、北朝鮮からの脱北者が在瀋陽日本総領事館に乱入し、その映像がメディアを通じて世界に流れた。この種事案の対応を強化するため、入管局は、外務省の要請に応じて職員を同総領事館に派遣することになった。

⑥同年五月三一日から六月三〇日まで日韓共同のワールドカップが開催された。入管局は、日本と韓国の往来の円滑化等のために韓国の空港でプリクリアランス（事前入国審査）を実施した。

国会会期中、入管局は、毎日のように国会連絡室から答弁案の作成を割り振りされた。多いときには一日八〇問を超えることもあった。入管局では、主に所管課の係長クラスの職員が答弁案を起案することになっていた。一つの質問事項について、想定される質問とこれに対する答弁を考えなければならない。当初の答弁次第では更なる質問が想定される場合が多く、そのため、答弁案の実数は通告に係る質問事項の数を大きく上回ることになっていた。

答弁案は、所管課長、総務課長、審議官、局長の順に決裁を了することになっていた。ただ、入管局の場合、当時、過去の答弁案を参考にできるものが少なく、一からの起案を余儀なくされ、職員の長時間労働が常態化していた。局長の私がすべての答弁案の決裁を終えるのは深夜や未明になることも多かった。

さらに、想定の答弁内容が他の省庁等に関連する場合には、個別に相議する必要があるので、答弁案が確定するまで時間を要した。

そのほか、大臣答弁は政府の公式見解として取り扱われ、議事録に残るため、当該答弁案については、官房秘書課長がチェックすることになっており、大臣には秘書官を通じて答弁案が届けられていた。質疑当日の朝、局長が大臣に大臣答弁の内容などを事前レクすることになっていた。ただ、実際の委員会では、議員の質問状況に応じ臨機応変に、私は委員長の許可を得て大臣に代わって答弁するよう努めていた。

また、国会の予算委員会は、他の委員会と違い、内閣総理大臣をはじめ全閣僚が出席し、テレビ中継され、注目度が高いこともあって、他の委員会に比し緊張度が増した。

いずれにせよ、当時、府省庁の担当部局における政府答弁に係る事務量は膨大なものだった。役所で寝泊まりする職員すらいたくらいだ。入管局長としての激務をこなすことは、特捜検事だった私でも、体力的・精神的にもかなりハードだった。早く検察の現場に戻りたいと思ったことは数知れないが、今となっては得難い経験をしたことに感謝している。

新型コロナウイルスの感染が拡大する中、多くの企業ではテレワークを導入し、府省庁においても働き方改革が進められているが、霞が関の国会質問対応の実態は今も昔も殆ど変わっていない。質問取りについても官僚に対面対応を求める議員はなお多く、霞が関の在宅勤務が進まない一因になっている。多くの官僚は前夜に質問内容が分かるまで待機し、深夜や未明まで答弁の作成に追われている（令和三年一月一五日付け日本経済新聞）。若手官僚の長時間労働を削減するためにも、国会質問対応の現状を直視し、例えばメールによる質問通告を原則とし、質問取りはオンラインで行うべきだろう。

ようやく、与野党は、衆議院議院運営委員会理事会で、令和三年一月一五日に、事前の通告ルールを守り、官僚の負担を軽減することで一致し、同月二一日には、質問取りについて対面形式をできるだけ自粛し、電話やオンラインに切り替えることで合意し、国会改革の第一歩を踏み出した(同月二二日付け日本経済新聞)。

さらに、同月二九日には、参議院は、議員会館の各事務所にあるパソコンに外付けのウェブカメラを設置し、質問取りや議員同士のオンライン会議に活用することを決めたという(同月三〇日付け日本経済新聞)。

コロナ禍の生活

コロナ禍で人々の生活様式が一変した。

今年二月二日、政府は、一一都府県を対象に発令中の緊急事態宣言について栃木県を除く一〇都府県で三月七日まで一か月間延長することを決定した。翌三日には、新型コロナウイルス対策強化のため、改正新型インフルエンザ対策特別措置法、改正感染症法、改正検疫法が成立し、同月一三日から施行された。

改正法によると、感染者が入院を拒否し、又は入院先から逃げた場合には、五〇万円以下の過料を科し、保健所の感染経路の調査拒否や虚偽回答したときも、三〇万円以下の過料を科す。さらに、都道府県知事は、緊急事態宣言対象区域で飲食店などの事業者に休業や時短営業を命じることができる。この命令に従わない場合には、事業者に三〇万円以下の過料を科すという。

このような行政罰の導入により、新型コロナウイルスの感染の抑え込み効果が期待されるとはいえ、今後、人々の行動が更に制限され、いわゆる「非接触社会」の様相が強まることは間違いないだろう。


最近、私もテレワークのため自宅で過ごす時間が遥かに多くなった。専業主婦である妻との会話や食事が増えている。

「ほぼ毎日がステイホームになってから、僕が食料品などの買い物を引き受けているので助かっているだろうね」

「そうよ、毎日のことだから大助かりです。体も楽ですし、時間にも余裕ができるわ」

と、妻から感謝されると、悪い気がしない。

これまで主婦業について余り関心がなかった私も、ステイホームで、主婦の様子が事細かく見えてくる。朝起きて朝食を用意し、後片付けを終えると、洗濯、掃除だ。昼食の準備、後片付け、食料品などの買い物に出掛ける。夕方になれば夕食の準備と後片付け、風呂の用意など、判を押したような専業主婦の生活スタイルだ。通常、更に子育てや親の介護が加わることになるが、妻はいずれも卒業している。

ほぼ毎日のように妻からメモを受け取りスーパーで買い物するようになって気づいたことだが、とにかく野菜、果物、牛乳などを買物袋に詰め込み、手に取ると思いのほか重い。自宅まで重い荷物を持ち帰るのも結構骨が折れる。私ですら腰に応えるときもある。正に主婦は肉体労働者だ。


さてコロナ禍で夫婦関係に変化が起きているのだろうか。

明治安田生命保険相互会社は、インターネットで「いい夫婦の日」に関するアンケート調査を実施し、令和二年一一月二二日に調査結果を発表した（同社ホームページ）。一〇月一二日から一六日までの間に全国の二〇歳から七九歳までの既婚男女を対象とする調査を行い、一六二〇人から回答を得たという。

中でも「コロナ禍の影響により夫婦関係に変化がありましたか」という質問に対する一〇八〇人（二〇代から五〇代）の回答を分析した結果は興味深い。

「変わらない」との回答が七四・三％と最も多く、「仲が良くなった」との回答が四・八％、「どちらかといえば仲が良くなった」との回答が一四・八％と、両者合わせた回答は一九・六％だった。

他方「仲が悪くなった」との回答が二％、「どちらかといえば仲が悪くなった」との回答が四・一％と、両者合わせた回答は六・一％だった。

意外だったのは「仲が良くなった」と「どちらかといえば仲が良くなった」との回答の合計が「仲が悪くなった」と「どちらかといえば仲が悪くなった」との回答の合計の約三倍になっていることだ。この数字だけをみるとコロナ禍が良い影響を与えたことになる。

次に「仲が良くなった」と「どちらかといえば仲が良くなった」と回答した人に理由を聞くと、「コミュニケーションや会話の機会が増えたため」が六二・五％、「一緒に食事をする頻度が増えたため」が三七・一％、「支えになる人が側におり、心強いと感じたため」が二一・一％と続いている。この点について、同社は、コロナ禍でテレワークなどが浸透し、在宅時間が増えたことが影響していると分析している。

ただ、アンケート調査では、「仲が悪くなった」と「どちらかといえば仲が悪くなった」と回答した人に、その理由を聞いていない。

実際のところは分からないが、推測するに、一緒に過ごす時間が増えたのでお互いの嫌な部分が目立つようになったとか、あるいは価値観の違いが明確になって喧嘩が増えたとか、そのような理由ではないかと思われる。

内閣府男女共同参画局「令和二年度の男女共同参画白書」によると、平成九年に共稼ぎ世帯数が専業主婦世帯（男性の雇用者と無業の妻から成る世帯）数を上回った。共稼ぎ世帯数が九四九万世帯、専業主婦世帯九二一万世帯だった。その後平成二四年頃からその差が急拡大し、令和元年には共稼ぎ世帯数が一二四五万世帯、専業主婦世帯五八二万世帯となり、その差は二倍以上になっているという。

共稼ぎ世帯と専業主婦世帯と区別して、コロナ禍での夫婦関係の変化についてアンケート調査をすれば、意外と面白い結果が出るかも知れない。明治安田生命保険相互会社には、今年のアンケート項目に是非付け加えてもらいたいと思う。

もっとも、我が家は、専業主婦世帯だが、私も妻も、コロナ禍でも、互いに生活スタイルを尊重し合い、深く干渉しないので、毎日顔を突き合わせることがストレスになっていない。妻はコロナ禍でもその前の生活スタイルとほとんど変化がない。日々同じリズムで家事をこなし心安らかに生活している。

妻の暮らしぶりを見るにつけ、コロナ禍でも平凡な生活を営むことが一番の幸せなのかも知れない。

私はと言えば、自分を見つめ直し、残りの人生をどのように生きるかを冷静に考えるようになった。何よりも健康に気をつけている。テレワークのときは出勤時間を気にすることがない。お陰で以前より睡眠が十分に取れている。散歩がてら近くの本屋に出掛けることも多くなった。読書量も各段に増えた。懸案だった歯の治療もすべて終えた。我が家の献立も、妻が私の希望を叶えてくれているので、不満はない。ただ、私にとって辛いのは、人と直接会って話す機会が激減したことだ。同じ空間で互いに顔を見ながら話すことができてこそ価値ある情報が得られるように思う。

今の時代、デジタル化の波は止められない。コロナ禍で更に加速しているが、人間にとってアナログの世界で生きることも大切なことだ。デジタルとアナログがほどよく調和する社会になってほしいと願わざるを得ない。


コロナ禍を乗り切るための心の糧になればと思い、米国の知人ジャック・ブロックの妻ロビンさんが好きだったポエム（作者不明・訳は私の妻）を紹介したい。

Yesterday is a dream
Tomorrow but a vision.
But today well lived makes
every yesterday a dream of happiness,
and every tomorrow a vision of hope.
Look well therefore to this day.

きのうは夢
あしたはまぼろし
今日一日を　精一杯生きたなら
過ぎ去った日々は　幸せの夢
これからの日々は　希望の未来図
だからこそ　一日一日を大切に

ノルウェーの旅(1)

令和元年の夏、知人のNさんと四泊五日でノルウェーを旅行した。

伊丹空港から成田空港に行き、出国手続を済ませて全日空便に搭乗。ベルギーのブリュッセル空港でスカンジナビア航空便に乗り継ぎ、ノルウェーのオスロ空港に降り立った。成田からブリュッセルまでが約一一時間、ブリュッセルからオスロまでが約二時間のフライトだった。

オスロ現地時間は午後八時五〇分。気温二二度。空はまだ明るい。空港施設は近代的で明るく、通路の床は木材が使用されており、温かみがあって気持ちがよかった。

到着ロビーでTさんの出迎えを受けた。三年ぶりの再会だった。Tさんは日本からノルウェーに赴任して三年になる。空港からTさんの車でオスロ市街地に向かった。

車中、Tさんとの会話が弾む。

ノルウェーは、デンマークに約四〇〇年間支配された後、スウェーデン国王がノルウェー国王を兼ねる同君連合下に置かれたが、一九〇五年に同君連合から離脱して独立を果たした。国土はほぼ日本と同じ面積を有するが、人口は約五三四万人と、日本の二〇分の一に過ぎない。首都オスロは六八万人のコンパクト都市。在留邦人は約一二〇〇人だという。

「ノルウェーの言語は？」

「ノルウェー語ですが、デンマーク語に類似する言語です。ノルウェーでは多くの人が英語に堪能です」

「物価は高いの？」

「北欧ではノルウェーが一番物価は高いですよ。付加価値税、日本の消費税に相当しますが、二五パーセントですからね。ただし食料品等は一五パーセントです」

日本の消費税は一昨年一〇月から一〇パーセントに引き上げられたが、ノルウェーと比べると、まだまだ低い。

「ノルウェーでは賃金も高いのですか」

「高いですね。国民一人当たりのGNI（国民総所得）は、スイスに次いで世界第二位です。日本円にして約八〇〇万円です。それに所得税の最高税率は四六・四パーセントです」

高福祉高負担の国だから税金が高いのは当然だが、それにしても、一人当たりのGNIが八〇〇万円だとすると、日本のそれの二倍以上になる。それを可能にする理由は何なのか、その疑問をTさんにぶつけてみた。

「ノルウェーでは、教育費は大学まで無料ですし、子育て支援が手厚く、妊娠から出産までの医療費が無料です。そのこともあって、共稼ぎの夫婦が多く、GNIも高いわけです。それに法律で上場企業における女性役員の比率は四〇％以上と決められており、実際にそのとおりになっています。現首相も国会議長も女性です。ただ、離婚率は四二％ですから、高いですね」

国民の貯蓄率についてノルウェーではどうなっているのだろう、その点についても訊いてみた。

「オスロ市民の場合ですが、持ち家率が八割と高く、多くの市民は住宅ローンを利用しています。そのため家計の支出で一番多いのはローンの返済です。次いで多いのは、バカンスで行く海外旅行の費用ですから、貯蓄率は低いですね」

なるほど日本とは大違いだ。それにしても、税だけでは、手厚い社会保障費を賄えないのではないか、そんな疑問も湧いた。

「税以外に大口の歳入はあるのですか?」

「実は、ノルウェーはお金持ちなんですよ。以前のノルウェーは貧しかったのですが、一九六九年に北海で海底油田が発見され、それから豊かになったのです。今では世界第三位の天然ガス輸出国（石油は第一一位）です。歳入の約二〇パーセントを石油と天然ガス収入が占めています」

「そうすると、ガソリン価格は日本と比べて安いのですか」

「逆ですよ。リッターが一六クローネ以上します。日本円でいうと二一〇円くらいになりますね」

「そうですか。ところで、日本の企業も石油採掘に参入しているのですか」

「出光興産が早くから石油採掘に参入しています。最近では三菱商事の子会社がサーモン養殖業に参入していますが、ノルウェーに進出している日本企業は未だ四六社にとどまっています」

石油関係の仕事に従事する人々は高い収入を得ているのではないだろうか。そのことをTさんに確かめてみると、

「そうですね。所得が多い職業は、一番が海運業、次いで石油・天然ガス事業、漁船のオーナーの順ですね」

と、教えてくれた。

Tさんの説明を受けて高福祉のための原資が税と石油関連収入だと分かったが、大学までの学費が無料だとすれば、大学進学の希望者が増えすぎて困るのではないか、その疑問をぶつけてみた。予想外の答えが返ってきた。

「ノルウェーと日本とでは高等教育に対する考え方に違いがありますね。ノルウェーでは実践教育が重視されています。高校に進学するときから、約二割の学生がブルーカラーの仕事を選びます。ホワイトカラーの場合、医師や弁護士を目指す者は医学部、法学部に進みますし、それ以外の企業でも大学の専攻科目が当該企業と関係していなければ就職できないことになっているようです。ですから、学生もどこの大学でもいいとか、どの学部でもいいから大学に入りたいという発想はないようです」

こんな会話を交わしているうちに、車はオスロ市郊外のTさん宅に着いた。

ノルウェー民俗博物館

翌日、Tさんご夫婦の案内でオスロ市内観光に出掛ける。

午前中、ノルウェー民俗博物館を見学する前に、小さなスーパーに立ち寄り、ペットボトルのミネラルウォーター（五〇〇ミリリットル）を買った。何と一本二三クローネ。日本円にして約三〇〇円だ。物価の高さを実感した。

民俗博物館の前の駐車場に車を駐め、中に入る。敷地は広く、そこにはノルウェーの各地の木造建築物が移設されていた。フランスの画家・コローの風景画のような場所にも出会うことができた。

一七世紀から一八世紀に建てられた建築物が多く、いずれも頑丈だが、質素な造りだった。また、民族衣装を着た子供や若い男女が当時の暮らしぶりを紹介していた。民族衣装を着た子供達が何かの遊びをしているのを見ると、日本の農村風景がそこにあるように感じられた。

民族衣装の子供たち

取り分け、一三世紀に建築された木造のスターヴヒルケ（スターヴ教会）は木造と思えない重厚感があった。垂直に立った柱で構造を支える、ヴァイキング時代の建築様式だという（『地球紀行世界遺産の旅』小学館刊一〇五頁）。

屋根の上には魔除けの竜頭がある。内部に入ると、天井は高く、簡単な図柄の装飾が施され、中央奥には祭壇があった。背景にうっすらと、彩色された絵が見える。キリストの弟子達が描かれているようだ。おそらく最後の晩餐ではないだろうか。

住居用建物の中で、奇妙な木製の道具に興味が湧いた。民族衣装を着た係の女性に「これは何ですか」と訊くと、女性は、

「アイロンです。棒に布を巻き、転がし、上から押さえつけ皺《しわ》を伸ばすものです」

と、説明してくれた。

ヴァイキング時代のノルウェーの人々は、同時期の平安時代の日本人よりも貧しい暮らしをしていたのではないかと想像する。当時、日本では炭火の熱と金属製の容器の重さで

スターヴ教会

木製アイロン

皺をのばすことができる「火のし」が使われていたように思う。

オスロ市庁舎からピペル湾へ

その後オスロ市庁舎に向かった。市庁舎は一九五〇年に市制九〇〇年を記念して建設されたという。セキュリティチェックを済ませて中に入った。一階のセントラルホールの大壁画「働き楽しむ人々」（ヘンリック・レンセン作）は圧巻だった。

暫《しば》し大壁画を眺めていると、Tさんがノーベル平和賞の経緯などを説明してくれた。

「この一階ホールで毎年一二月一〇日ノーベル平和賞の授与式が執り行われます。平和賞はスウェーデンではなく、ノルウェー・ノーベル委員会が選考します。ノーベルが生存当時、スウェーデンとの同君連合下のノルウェー国内で独立の機運があったため、ノーベルの意向で両国の和解と平和を祈念して平和賞のみをノルウェーで授与することになったそうです」

二階に上がると、部屋の奥にムンクの後期の作品「生活」が展示されていた。窓から外に目をやると、ピペル湾の一部が見えた。船着き場にフェリーが絶え間なく発着する様に

セントラルホール大壁画

見惚れてしまった。

市庁舎の見学を終え、ピペル湾沿いに歩き、その風景を写真に収める。

昼時だったので、近くのシーフードの店で昼食をとることにした。

店に入り窓際のテーブル席に座った。Tさん夫婦はスープのシーフードを、Nさんはフライド・フィシュを、私はパン付きの燻製のシーフードを注文した。

注文した料理が運ばれてきた。私の皿には燻製のサーモンや鯨などが盛られていた。私は「そうだ。ノルウェーは捕鯨国だったのか。良い記念になった」と独り納得しながら、鯨を一切れ口にした。

食事中、ノルウェー人らしい中年男が私

ピペル湾の眺望

の側に来て、目の前に紙コップを差し出した。男はノルウェー語だと思うが、何か二言、三言口にした。

私には何を言っているのか全く分からない。その様子を見てTさんが「ノー」と男に言った。すると男はあっさり諦め、別のテーブル席の方に移動し、同じような動作を繰り返していた。暫くして男は店から出て行った。

私がTさんに「あの男は何をするために来たの?」と訊くと、「物乞いに来たのですよ。だから断っただけです」と言った。私には男の服装も小綺麗だったので物乞いするような人には見えなかった。

そもそも店側が店内で物乞いするのを了

解しているのか、そのことが気になったので、Tさんに確認してみた。

「物乞いする人にも人権があるので、あの程度のことは黙認するというのがこの国の人の考え方だと思います」

「処《ところ》変われば、いろいろな考え方があるものだね」

Tさんとそんな会話をしながら、昼食を済ませた。

ヴィーゲラン公園

昼食後、Tさんの車でヴィーゲラン公園まで行く。ここでTさんと別れ、奥さんの案内でヴィーゲラン公園を散策する。

公園には、彫刻家ヴィーゲランがデザインし、同氏制作の二一二体の彫刻があちこちに屋外展示されていた。何の姿なのか想像を掻き立てる彫刻が多い。

有名なのは、地団駄を踏む赤ちゃんの像「おこりん坊」だ。観光客の撮影スポットとして人気があるというので、行列覚悟で見に行くことにした。幸い観光客が少なく、直ぐに撮影することができた。

人体彫刻の塔

おこりん坊

前方には高さ一七メートルの塔が見えた。多くの男女が絡み合う姿を彫刻したものだった。ガイドブックによると、その数は一二一人だという。

トラム・地下鉄に乗って

その後、ホルメンコーレンの山頂付近にあるレストラン「フログネルセーテレン」を目指す。トラム（路面電車）で地下鉄の駅まで行き、一番ホームの電車に乗る。他の路線と違い、登山電車のようだった。

オスロ市内の交通機関としてトラム、バス、地下鉄、フェリーがあるが、一枚の共通チケットでいずれの乗り物も乗り降り自由だ。一時間券が三六クローネ（約四七〇円）、一日券が一〇八クローネ（約一四〇〇円）だ。

Tさんの奥さんにチケットを購入してもらったが、驚いたのは、地下鉄の駅に改札がなく、道路から地続きのホーム付近にある専用の読取り機にチケットをかざしてから乗車することになっていたことだ。これでは、チケットを買わないで地下鉄に乗る人がいるに違いない。それをどう防ぐのか、奥さんに訊いてみた。

「適宜、インスペクター二人が列車の先頭車両からと最後部車両からとに分かれて乗り込んで乗客の検札をします。もしチケットなしで乗車したことが見つかれば、日本円にして八五〇〇円くらいの罰金を取られます」

「性善説の運用ですね。まあ、駅に改札を設置して係員を配置するより安上がりかも知れませんね」

途中の車窓から住居地区の屋根や壁が色鮮やかに塗られているのが見えた。レンガ色のものが目立つ。そのことが気になり、Tさんの奥さんに訊いてみると、

「一番安い塗料がレンガ色です。いわば下地の色です。その上に緑や黄色の塗料を塗り重

王宮

ねるのですよ」と、教えてくれた。

電車がオスロ郊外の高級住宅地を抜けると、眼下にオスロの市街地の眺望が広がってきた。終点で電車を降り、レストラン「フログネルセーテレン」まで数分歩く。ノルウェーの伝統的な山小屋風の美しい建物だった。

クロスカントリースキーが盛んなノルウェーでは、冬になると、このレストランはスキー客で最も賑わうという。私達は名物の生クリームたっぷりのアップルパイを注文した。サイズは巨大で、三人でシェアして食べる。

レストランからオスロ市街地や海が一望できた。ホルメンコーレンの山の駅に戻り、地下鉄とトラムを乗り継いで王宮に向かった。

王宮は、高齢の国王ハラール五世の住居である。

王宮前の広場に初代国王カール・ヨハンの騎馬像が立つ。王宮の出入り口付近には若い衛兵が一人いる。彼は観光客に求められるまま記念撮影に応じていた。王宮からオスロ中央駅まで歩いた。途中のカール・ヨハンス通りは、さしずめ日本の銀座通りのようだった。地下鉄とバスを乗り継いで、Tさん宅に戻り、こころづくしの料理をいただきながら楽しい時間を過ごした。

（ノルウェーの旅(2)に続く）

ノルウェーの旅(2)

オスロ観光を終え、Nさんとオスロ中央駅発オスロ空港行きの高速列車に乗車。約二〇分で空港に到着。スカンジナビア航空便で、フィヨルド運河クルーズの基地ベルゲンに向かった。

ベルゲン

ベルゲンは、ノルウェー西海岸に面し、一四世紀半ばから一六世紀末までハンザ同盟都市の一つとして繁栄した港町で、ノルウェー第二の都市だ。一〇七〇年ノルウェー王オーラフ・キーレによって首都として創建されたという（白井勝也『地球紀行世界遺産の旅』小

ブリッゲン歴史地区木造建物群

学館刊一〇四頁)。また、映画「アナと雪の女王」のモデルタウンとなったことでも有名である。

ともあれ、オスロ空港からベルゲン空港まで約五〇分のフライトだった。

ベルゲン空港の到着ゲートから外に出ると、目の前がバスターミナルになっていた。近くにいた係員から、市内直通バス乗り場や自動発券機の操作方法を教わってチケットを購入する。直通バスは約二〇分で、ヴォーゲン湾の東側に広がるブリッゲン歴史地区に到着。

この地区はかつてドイツハンザ(交易商人)の居留地で、当時のノルウェーの人々がドイツ埠頭の意味で「ティスクブリッゲン」と呼んでいた(世界遺産センター監修『ユネス

ブリッゲン歴史地区テラス席

コ世界遺産7北・中央ヨーロッパ』講談社刊二六頁)。一九七九年には世界遺産に登録された。

バスを降りると、ヴォーゲン湾に面し、かつてドイツハンザ商館として使用されていた木造三階建の建物が軒を並べていた。三角屋根が特徴的でカラフルな建物だ。

これらの建物は一四世紀半ばから今日まで幾たびか火災に遭ったが、その都度当初の図面をもとに再建されたため、中世後期の景観が維持されてきたという(前掲書二六頁)。そのお陰で、今でも往時の繁栄を彷彿させる。

当日も既に多くの観光客で賑わい、店のテラス席も満席だった。

対岸には新鮮な海産物などの屋台が並ぶ魚市場があって、そこから眺める歴史地区の風

フロイエン山からの眺望

景は正に絵になる。事前に晴れる日が少ないと言われていたが、この日は快晴で、カラフルな建物が海面に映えていた。何枚も写真に収め、旅のお目当てが一つ実現した。

歴史地区の背後にはフロイエン山（標高三二〇メートル）が見えた。

麓駅まで歩き、ケーブルカーに乗り、頂上へ。所要時間は四分だった。ケーブルカーを降りると、頂上は多くの観光客で賑わっていた。眼下にブリッゲンの街や湾、そして周囲のフィヨルドが一望できた。山頂からの眺望を楽しみ、写真を撮った後、ケーブルカーに乗って下山する。

麓駅からは、人混みを避け、人通りの少ない路地に入って散策を始める。

カテドラル大聖堂

中世の面影が残る街並みを写真に収めながら歩いた。時々、路地の間から山腹に張り付くカラフルな家々が見える。パッチワークのようで美しい。

数分歩くと、石造りのベルゲンカテドラル大聖堂の尖塔が見えてきた。路地の石畳と両側の建物が大聖堂とマッチしていた。

ベルゲン空港で入手した観光パンフレットによると、大聖堂は一一五〇年に建築され、今日までの約九〇〇年間、五回も大火事に遭い、その都度修復されているが、火災を引き起こした大砲の砲弾は、戦禍の記念として壁に残されたままだという。

理髪店のショーウインドウが目に留まる。粋なデザインに見惚れてしまい、記念に写真に収める。

ブリッゲンの路地

理髪店のショーウインドウ

ガイランゲルフィヨルド

その後、魚市場に戻り、ベルゲン港を目指して地図を頼りに歩く。ガイランゲルフィヨルド観光クルーズ船のフッティルーテン・ミッドナットソル号に乗船するためだ。

途中道に迷ったが、何とか乗船受付口のあるビルに辿り着いた。受付を済ませ、ビルの三階出入り口から乗船。

ミッドナットソル号は、総トン数一万六一五一トン、全長約一三六メートル、乗船人数九七〇人、客室二九五室の大型客船だ。

午後九時に出航。ブリッゲンの街歩きで疲れ切っていたので、シャワーを浴びて早めに就寝する。

翌日、朝食後、船の八階から屋上デッキに出ると、多くの観光客がデッキのイスを埋めていた。中には毛布を腰に巻いて座っている人もいた。私は防寒ジャケットを着用していたが、それでも寒かった。

船は、大小幾つもの島々の間をすり抜けて進む。単調な船旅だ。

フィヨルド

午前一〇時頃、船はオーレスン港に到着。デッキからオーレスンの美しい街並みが垣間見える。乗客の一部が降り、新たな乗客が乗り込んで来た。

オーレスン港で約三〇分の停泊後、ガイランゲルフィヨルドに向けて出航。

フィヨルドとは、約一万年前から氷河が海へと後退するときに谷底が削られU字やV字の谷ができ、そこに海水が流れ込み形成されたものだ。ガイランゲルフィヨルドは、海岸線から一二〇キロメートルも奥まった秘境にあって、全長一六キロもある。その美しい景観は、二〇〇五年に世界自然遺産に登録された。

昼過ぎ、船内アナウンスが流れる。よく

聞き取れないが、切り立った岩山に七つの滝が並ぶという「七人姉妹の滝」に近づいているらしい。

先頭のデッキに出てみる。多くの乗客がその瞬間を今か今かと待ち構えている。七つの滝が左舷側に見えるということだったが、残念ながら、この時期は水涸れだったため、滝の水が流れていたのは二つの滝だけだった。やや期待外れとはいえ、雄大なフィヨルドの風景を楽しむことができた。

午後二時二〇分頃、ガイランゲル港に到着。船は、暫く停泊した後、再びオーレスンまで来た航路を引き返し、トロンハイムに向かった。

夜、船内の予約席で、Nさんとワインを飲みながら、シーフード料理を楽しんだ。サーモンは流石に本場のものは違う。新鮮で美味だった。

トロンハイム

翌日、午前一〇時、トロンハイム港で下船。徒歩十数分で、トロンハイム中央駅前に出た。

トロンハイム中央駅前運河

トロンハイムは、ノルウェー第三の都市で、かつては首都だった。今でも、ノルウェーで最も壮麗な教会「ニーダロス大聖堂」には多くの巡礼者が訪れるという。

私達はガイドなしの観光ということもあって、まずトロンハイム空港行きのバス乗り場を探した。それは、中央駅横のバスターミナルから少し離れた目立たない場所にあった。待合所に掲示されていた時刻表を確認し、余裕を見て午後三時発のバスで空港に向かうことにして市内観光を開始。

中央駅前の運河には、数多くの船が所狭しと係留されていて、対岸の建物はカラフルだった。ベルゲンのブリッゲン歴史地区の風情と重なる。ここはここで絵になる風景だ。何枚も写真に収める。

ひとまず、トロンハイムの市内観光地図だけを頼りに、運河に架かる橋を渡ると、古い街並みが見えてきた。途中、コンビニでミネラルウォーターを買って水分を補給して歩き始める。

ニーダロス大聖堂を目指した。暫くすると、雨が降り出した。レストランの前でリュックから傘を取り出し、傘をさす。途中小さな教会が目に付く。味わいのある壁が絵心を誘う。暫くして前方にニーダロス大聖堂の尖塔が見えてきた。

ニーダロス大聖堂

雨が降っているので先を急ぎ、外から大聖堂を写真に収めるだけにし、観光スポットの旧市街橋、通称「跳ね橋」に向かった。

跳ね橋は、市内を流れるニデルヴァ川に架かる橋だ。橋の上からの眺めも素晴らしい。二艘のカヤックが川を下り、橋の下を通り抜けていく。それを眺めているだけでも何かほ

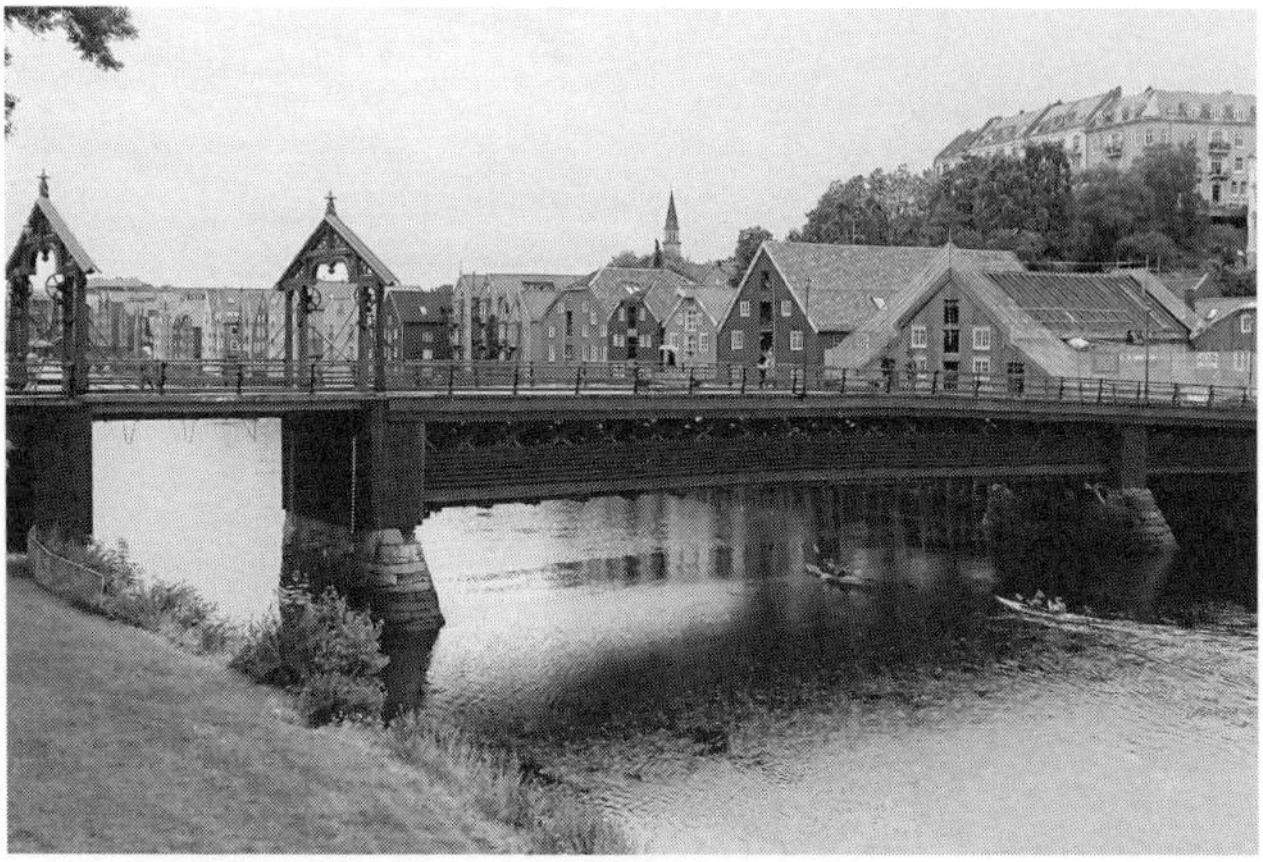

跳ね橋

っとする。川沿いにはカラフルな古い木造建物群が並ぶ。それが川面に映え、揺らいでいた。

その後クリスチャン要塞を目指して歩く。要塞は一六八〇年頃、街の東側の丘に築造されたという。

Nさんと二人して急な坂道を上る。やっとの思いで要塞に辿り着いた。どっしりとした建物が目に入る。白壁の白さと形に趣があって印象的だった。建物の中に入ると、そこは要塞の歴史が分かる博物館になっていた。

要塞の中のレストランで昼食をとるつもりだったが、あいにく閉店中。

雨も止んだので、要塞からの眺望を楽しむ。流石に必見と言われていただけに素晴らしい眺めだ。大聖堂の尖塔や市街地の街並みが一望で

木造建物群

要塞からの眺望

きた。市街地に砲を向けた大砲も整然と並んでいた。

要塞から坂道を下って市街地に戻る。カラフルな木造家屋は、その一つ一つが絵になる。地図を頼りに歩き、数少ない有料公衆トイレを探し当てたが、故障中だった。仕方なく、近くのレストランで用を足すことにした。店に入り、サンドイッチを注文する。運ばれてきたサンドイッチの大きさにびっくりしたが、思いの外美味しかった。

トロンハイムの街

遅い昼食を済ませ、トロンハイム空港行きのバス乗り場に歩いて行くと、既にバスが停車していた。バスの前に立つ大柄の運転手らしき男から言われるままカードリーダーにクレジットカードを挿入し、切符を買って乗車。

トロンハイム空港からスカンジナビア航空便でオスロ空港に向かう。約一時間のフライトだった。空港から高速列車でオスロ市内に戻り、Tさん宅で夕食をご馳走になりながら楽しい時間を過ごし、泊めてもらった。

翌日はオスロ空港までタクシーで向かい、ノルウェーを発つ予定だった。Tさんにそのことを話すと、「それなら定額料金のタクシーを利用すれば安上がりですよ」と言って、タクシーを事前予約してくれた。

翌日の早朝、Tさん夫婦に心から感謝して別れを告げ、予約タクシーでオスロ空港に向かった。

とにもかくにも、Tさん夫婦のお陰で、ノルウェーの旅は実り多く、思い出深いものになった。オスロ空港からブリュッセル行きのスカンジナビア便に搭乗してノルウェーを後にした。

ベルギーの旅

令和元年の夏、知人のNさんとヨーロッパ四か国を旅行した。ノルウェーはオスロ、ベルゲン、トロンハイムなど、ベルギーはブルージュとブリュッセル、オランダはアムステルダム、フランスはパリを訪ねた。ベルギーの旅の思い出などを書き記したい。

私達は、ノルウェー観光を終え、オスロからスカンジナビア航空便で再びブリュッセル空港に降り立った。到着ロビーで私達を出迎えてくれたのは、日本人の観光ガイドEさん。Nさんの名前を書いた紙のプレートを掲げ、お洒落な帽子をかぶったサングラス姿の女性だった。

挨拶を交わすと、

「今なら、一〇時三分発のブルージュ行きの直通列車に間に合います。これを逃すと一時間先になります。急ぎましょう。スーツケースの持ち運びは大変ですので、ブルージュの駅のロッカーに預けてから観光に出掛けましょう」

と、Eさんが言う。

促されるまま、ブリュッセル空港駅まで急ぎ、直通列車に乗る。

Eさんはベルギー在住二三年、観光ガイド歴一九年だという。ご主人は金融関係の仕事に従事し、長男は現在大学院生とのこと。学費は無料で、給付金も支給されるが、卒業にはディプロマ（修了証明書）が必要だという。そのため真面目に授業を受け、日々勉学に励んでいるそうだ。

ベルギーの公用語は、北部ではオランダ語、南部ではフランス語、ドイツ国境付近ではドイツ語が使われ、首都ブリュッセルではオランダ語とフランス語が併用される。多くの場所で英語が通用するという。北部と南部では、文化や気質にかなり違いがあって、例えば、北部の住民は節約家が多いそうだ。

ブルージュ観光

ブルージュは、ベルギーの北西部に位置し、一三世紀から一五世紀にかけてハンザ同盟の主要な貿易拠点やヨーロッパの金融センターとして繁栄した。ところが、北海から絶えず流れ込む砂が街の運河を埋め、その機能を停止させたため、商業活動の拠点がアントワープに移り、ブルージュは衰退の一途をたどった。その後四〇〇年以上経って、作家ローデンバックの小説『死都ブリュージュ』がフランスの高級日刊紙「フィガロ」に連載された。それがきっかけとなり、ブルージュは注目を浴びて一躍有名になった。永い眠りから蘇った街には多くの人々が訪れ、「北のヴェネチア」と呼ばれる人気の観光スポットになったという（谷克二・武田和秀著『ベルギー・フランダース・中世ヨーロッパ史の縮図』日経PB社刊一八頁以下）。

ともあれ、ブルージュ駅まで車窓から広大な田園風景を眺めながら、約一時間三〇分の列車の旅を楽しんだ。駅に到着後、構内のコインロッカーにスーツケースを預ける。駅の

ベギン会修道院

公衆トイレは有料。トイレの入口にいる係員に二人分の一ユーロを手渡して利用する。

気温は高く、三〇度を超えていた。駅から歩いてブルージュの街に向かう。街全体がブルージュ歴史地区として世界遺産に登録されているという。

老人ホームの外壁沿いを歩いて、「愛の湖」の畔《ほとり》に出た。

「街の水路の水量を調節するための貯水用湖です」と、Eさん。かつては日々約一五〇隻の荷物船が出入りした内港で、今は水門で仕切って湖にしているという（前掲書八四頁）。

湖に沿って少し歩くと、聖母教会の尖塔が見えてきた。手前の橋とその背後の塔と木々とのバランスが良い眺めだった。

Eさんのあとに続き、運河の橋を渡りレンガの門をくぐると、世界遺産のベギン会修道院（一二四五年設立）の優雅な外観が木々の間から顔を出す。

「ここは今でも女性が自活的な共同生活を送っています。建物のガラス窓をよく見てください。桟が十字になっているでしょう」

と、Eさんが指を差す。なるほど十字架を模しているのがよく分かる。

聖母教会

その後、聖母教会まで歩く。教会内部をEさんの説明を受けながら見学。

一三世紀に着工し、完成まで二世紀を要した教会というだけあって、凝った装飾やステンドグラスの美しさには目を見張る。壁の宗教画にも圧倒された。

回廊を進み、ミケランジェロ作の「聖母子像」を観る。その精緻さと

聖母子像

優雅さと共に安らぎが伝わってくる。
「そこに並んでいる棺《ひつぎ》がブルゴーニュ公シャルルと公女マリーの棺です。二人とも棺の蓋に刻まれているでしょう。側面には紋章が刻まれていてとても美しい棺です」と、Eさん。みると、棺の蓋に仰臥する被葬者の全身が彫刻されていた。公女マリーが手を合わせて祈っている姿に典雅さと気品が感じられた。

一五世紀のブルゴーニュ公国は、ブルゴーニュのみならずネーデルランド（現在のベルギー、オランダ、ルクセンブルクにまたがる地域）を領土としていた。一四七七年、ブルゴーニュ公シャルルの戦死により、内乱の中、娘のマリーが公国を統治することになったが、フランスの侵略を阻止するため、マリーがハプスブルク家のマクシミリアン一世と結婚し、マクシミリアン一世が公国を継承。ところがマリーは、結婚後五年にも満たないのに落馬事故がもとで二四年という短い人生を終えたという（前掲書二一頁、江村洋著『ハプスブルク家』・講談社刊四〇頁、四六頁）。

「こちらに来て床下の奥をみてください。マリーのお墓ですよ。このような形で公開されているのは非常に珍しいことです」と、Eさん。

なるほど、床の強化ガラス越しに墓の石室と、聖母だろうか、壁画が見える。

公女マリーの棺

教会を後にして、ブルージュで最も狭い路地を通り抜けてEさんお薦めのレストランに入る。ワインを飲みながらの昼食。窓から運河越しの眺めが素晴らしい。

Eさんとの会話が弾む。

「ブルージュ観光の人気は高いですね。何人くらい観光客が訪れるのですか」

「昨年の観光客は約八三〇万人です。ブルージュの人口は一二万人ですから、

レストランの窓からの眺め

一か月に人口の五倍以上の観光客が押し寄せる計算になります」

「観光客が増えると、地域住民とのトラブルも発生しますよね」

「そのとおりです。昨年から、ブルージュの市長は、住民の生活を守るため、一日当たりの観光客数を減らす対策に乗り出しました。日帰り観光に関する広告や宣伝キャンペーンを中止しました。そのためブリュッセル空港ではブルージュ観光の案内表示もなくなっています。ガイド付きの日帰り徒歩観光ツアーも認可制になりました」

「そうですか。住民は街の景観を維持していくのが大変ですね」

「建物は昔のまま保存しなければなりません。窓も一枚ガラスですから冬はとても寒いようです。木枠の窓はアルミサッシにすれば良いのですが、木枠のままにしなければなりま

運河クルーズ船からの景色

せん。その上修繕するにしても費用がかさみます。店の利益の多くは維持費用に使われているのが実情です」

Eさんの話を聞きながら、最近、京都では、外国人観光客の急激な増加に伴い、市バスが混雑するなど市民の生活にも影響が出ていることを思った。

昼食後、運河クルーズ乗り場まで歩く。クルーズ船は二〇人余乗りの小さな船。先頭に乗る船長がガイドも兼ねる。船は古い街並みを縫うように進む。

次々と、美しい絵になる風景が現れる。鐘楼や聖母教会が背景になる景色は、見応えがある。鐘楼からカリヨンの美しい澄んだ音色が響く。

運河クルーズを楽しんで下船後、マルクト広場まで歩く。

そこは石畳の広場で、周囲に階段状の破風のギルドハウスが建ち並ぶ。中でも、高さ八三メートルの鐘楼が際立つ。

マルクト広場の鐘楼

「天井のない美術館」と称されるブルージュの街は一日では観光しきれない。何度も訪れたい気持ちになる。そんな思いを抱きながら、ブルージュ駅に戻った。駅構内のロッカーからスーツケースを取り出し、列車でブリュッセル南駅まで行き、駅近くの予約済のホテルにチェックインした。
翌日からの二日間は、置き引きの被害に遭いそうになるなどトラブル続きだったが、その都度Nさんに助けられ、ブリュッセル南駅から高速国際列車「THALYS」でアムステルダムやパリを日帰りで往復し、アムステルダム国立、ファン・ゴッホ、ルーヴル、オランジュリー、モンマルトルの各美術館を巡り、運河クルーズも楽しんだ。

ブリュッセル観光

ベルギーの中央部に位置する首都ブリュッセルは、九七九年にロレーヌ（ロートリンゲン）公がセンヌ川の小島に要塞を築いたことに街の始まりがある。その後交易市場として発展し、一四〇二年から一四五五年にかけて、その中心のグラン・プラスに市庁舎が建てられたという（武村陽子著『オランダベルギールクセンブルク世界遺産と歴史の旅』彩図社刊一三〇頁以下）。

最終日、ホテルをチェックアウトし、ブリュッセル南駅まで歩いた。駅構内のコインロッカーにスーツケースを預け、地下鉄でブリュッセル中央駅まで行き、Eさんの案内でブリュッセル観光を開始した。

徒歩五分で世界遺産のグラン・プラスに到着。グラン・プラスは、フランス語で「大きい広場」を意味し、面積は七四八〇平方メートルあるという（前掲書一二九頁）。四方を壮

グラン・プラス

麗な歴史的建造物に囲まれた広場は見応えがある。中でも、ゴシック様式の市庁舎は誠に美しい。尖塔の高さは九六メートル。見上げながら写真に収める。

「一七世紀に建築されたギルドハウスがほとんどです。かつての商工業者組合の建物ですが、壁面の紋章などから業種が分かります。この建物は……です」などとEさんから説明を受けるが、ひとつひとつ覚えきれない。

「その建物を見てください」と、Eさんが指を差しながら、「ブラバン公爵の館です。一六九八年に建造されたギルドハウスですが、二階部分には歴代のブラバン公爵の胸像が並んでいます。分かりますか」と言う。見ると、そのとおりで、壮観だった。

ブラバン公爵の館

その後、ギャルリー・サンチュベールに行く。

名店が軒を連ね、アーケードは高く、見上げると、細部まで凝った造りだった。帽子の専門店に入り、気に入ったパナマ帽を購入したが、荷物になってしまい、帰り際に買えば良かったと後悔した。

有名な小便小僧（ただし、レプリカ。本物はブリュッセル市立博物館で展示されている）を見た後、芸術の丘まで歩く。

市内を一望できる丘の上に立ち、素晴らしい眺めに見惚れた。

この日の気温は高く、三八度を超えていた。私達は水分補給とトイレ休憩のため、近くのクーラーの効いたレストランで一休みするこ

市街地の眺望

とにした。各自好みのジュースを注文して喉を潤し、ミネラルウォーターのペットボトルを購入。

店を出てベルギー王宮に向かった。王宮は、夏に一般に特別公開されており、入場料は無料だという。数分歩くと、ルイ一六世様式の美しい王宮が見えてきた。

「国王が執務しているときは、王宮に国旗が掲げられていますが、今日は掲げられていませんね。おそらく国王もバカンスだと思います」と、Eさんが説明してくれた。

私達は、王宮でセキュリティチェックを受けた後、正面階段を上がり、幾つもの豪華な部屋を通り抜け、歴代国王のパネル写真などを展示する部屋に入った。Eさんの

王宮

ガイドが続く。

「王宮はオランダ国王ウィレム一世の居城でしたが、一八三〇年にベルギーがオランダから独立したときに王宮もベルギーのものになったのです。その後レオポルド二世、あの写真の国王ですが、王宮を全面改装して現在の姿にしたのです。そうそう、ベルギーがコンゴ、現在のコンゴ民主共和国を植民地にしていたことをご存じでしょうか」

「知りません」

「実は、国王のレオポルド二世が、ポケットマネーを使って当時のコンゴの部族を支配し、一八八五年にはコンゴを国王の私有地にしたのです。ゴム栽培や象牙売買で莫大な利益を得ていたのですが、余りにも強制的な収奪が

鏡の間

批判の的になったため、一九〇八年にベルギー政府が国王からコンゴの所有権を譲り受け、コンゴは正式にベルギーの植民地になったのです」

何かと勉強になる。

その後、見所の豪華絢爛な「鏡の間」に入った。

「天井をみてください。緑色でしょう。コガネムシで造られています。シャンデリアも同じですよ」と、Eさん。

「見事なものですね。少し気味が悪い感じがします」と、私は正直な感想を口にした。

ベルギー王立美術館

王宮から数分歩いてベルギー王立美術館を訪ねる。

王立美術館は、一五世紀以降のフランドル絵画が揃う「古典美術館」、一九世紀末の作品を展示する「世紀末美術館」、数多くのルネ・マグリットの傑作を所蔵する「マグリット美術館」の総称である。

王立美術館のチケット売り場で、Eさんは、馴染みの係員の女性と何やら会話を交わした後、

「ラッキーだわ。今日は入館料が無料ですって！　気温が三八度を超えているからだそうよ。こんなこと初めてだわ」

そう言って、私とNさんに一枚ずつチケットを渡してくれた。

チケットを見ると、「All Museums ＞ 38°　€0.00」

と印字されていた。もとより観光ガイドのEさんはチケット（三館共通券・一三ユーロ）がなくても入館できる。

チケット

私がEさんに、

「誰が入館料を無料にすることを決めたのですか」

と訊ねると、

「館長さんだそうよ」

と、Eさんが微笑む。

ウィットに富んだ館長の決断だ。真面目な日本人にはない発想かも知れない。

因みに、この日、パリの最高気温は四二・六度、ベルギー北東部でも四〇・六度に達した。欧州各国はいずれも観測史上最高気温を記録したという。

クーラーの効いた美術館内の食堂で早めの昼食。

Eさんの話によると、ベルギー政府は観光客誘致に積極的でないそうだ。理由を訊ねると、Eさんは「ブリュッセルは、年中、多くの国際会議が開かれています。EU代表部のほか国際機関も多いものですから、これら関係者がホテルを利用してくれます。

熱心に観光客を呼ぶ必要がないようです」と答えた。

昼食後、Eさんのガイドで多くの名画を鑑賞した。その中で興味を持ったのは「ブリューゲル」の作品だ。

ピーテル・ブリューゲルはネーデルランド生まれ。生年は不確定だが、一五二六年が有力。一五六九年に没す。代表作「バベルの塔」（オランダ・ボイマンス美術館蔵）や「雪中の狩人」（ウィーン美術史美術館蔵）などが有名だ。

最初に「ベツレヘムの人口調査」（一五六六年、一一五・五cm×一六三・五cm）を観る。新約聖書のルカ伝を典拠にした作品で、「全世界の人口調査をせよ」というローマ皇帝の勅命によって、農村の宿屋（居酒屋）で登録をする人々などを描いたものだ。聖書のベツレヘムではなく、ブリューゲルの故郷ブラバントの真冬の農村風景に舞台を移して描いているという（朝日新聞出版編『ブリューゲルへの招待』同社刊六〇頁等）。

「中央やや右寄りには、ヨセフとロバに乗った身重のマリアが人々の群れに加わろうとしていますね。宿屋の前では、豚の食肉処理の様子が描かれています。絵の右側にあるのは疫病患者の隔離小屋です。農民の営みが克明に描かれています」と、Eさん。

ブリューゲルの作品は謎を含み、背後に隠された意味も多いといわれている。彼が生き

ベツレヘムの人口調査

た当時のネーデルランドは、宗教改革の影響で新教徒（プロテスタント）と旧教徒（カトリック）が激しく対立し、その最中にスペインの領土となったが、厳格な旧教徒の国王フェリペ二世は、台頭する新教徒のカルヴァン派を厳しく弾圧したという（前掲書八四頁等）。そうだとすると、ブリューゲルは、この作品でスペインの圧政を暗に批判しているのだろうか。

Eさんが言った。

「隣にある絵が長男のピーテル・ブリューゲル二世の『ベツレヘムの人口調査』です。彼は父親の作品を数多く模写しています。背景が少し父親の作品と違っているでしょう」

なるほど、そのとおりだった。よく見ると

ブリューゲル二世のベツレヘムの人口調査の模写

木の描き方も違っている。次男のヤン・ブリューゲルも画家で、花を題材にした作品を多く残し、花のブリューゲルと呼ばれているという（前掲書七〇頁）。

ブリューゲル親子の絵を見比べていると、Eさんが、

「隣のブリューゲルの宗教画を見てください。有名な『反逆天使の転落』です」

と言ったので、その絵（一五六二年、一一七cm×一六二cm）の前に移動する。説明が続く。

「絵の中央で剣をかざして天使軍団を率いているのが大天使ミカエルです。怪物となった反逆天使の悪魔軍団と闘っている様子を描いた作品です。愚かな人間の欲深さや弱さが渦巻く現世を感じさせるといわれています」

反逆天使の転落

よく観ると、絵の中で、魚の化け物、不気味な昆虫、腹の突き出たカエルなどに変身した怪物には人間臭さが感じられる。ここにブリューゲル作品の魅力があるのだろう。

ミカエルとは、聖書に登場するキリスト教・ユダヤ教における勇敢な天使のこと。その名は「神に似た者」に由来し、天使の中でも最も神に近い存在とされ、「正義の天使」とも呼ばれている。反逆天使とは、天上界を追放された堕天使のこと。天から落ちてくると、悪魔となって怪物になるという（前掲書二〇頁、二四頁）。

「『鳥罠のある冬景色』も人気がある作品です」と、Eさん。

ブラバントの農村の冬景色を描いたという、

鳥罠のある冬景色

その絵（一五六五年、三七cm×五五・五cm）を観ると、何ともいえない寂しさや不確かさを感じる。右上には枝に止まる一羽の鳥が一際大きく描かれている。それが影響しているのかも知れない。

「右下に描かれているのが鳥罠です」と、Eさん。

「鳥罠とはねえ、何かを暗示しているのでしょうね」

「命の不確かさだと解釈されています。左下の氷の穴もそれを暗示しています。中央は、凍りついたスヘルデ川でスケート滑りに興じる人々です。いつ穴に落ちるか分かりませんからね。背景の地平線に見えるのが当時のアントワープの街です」

エントランスの正面

ともあれ、印象に強く残る冬景色の作品だった。

数少ないとはいえ、本物のブリューゲルの作品に触れ、ふと、オーストリアの「ウィーン美術史美術館」を訪ね、「雪中の狩人」「農民の婚宴」などの名作を観てみたい、そんな思いが頭をよぎった。

その後、巨匠ルーベンスの祭壇画などを鑑賞してマグリット美術館に移動。マグリットは、ベルギーの国民的画家で日本でも人気が高い。

エントランスの正面で、幾つもの作品のパネルやマグリット本人のシルエットを投影したスクリーンが出迎えてくれた。

展示室に入る。有名な「帰還」(一九四〇

年）は、残念ながら展示されていなかったが、幻想的、非現実的、不可思議なという表現が相応しい作品が並んでいた。その不可思議さなどに人気の秘密があるとはいえ、私の好みではない。ただ、図案やデザインという点からいえば、その形や色の表現力は誠に秀逸だった。

美術館を出ると、外の暑さは異常だった。

タクシーでブリュッセル空港に向かった。途中、ブリュッセル南駅近くで、タクシーを待たせ、駅構内のコインロッカーに預けていたスーツケースを取り出し、運転手の元に戻った。再び、タクシーに乗り込み、無事空港に到着。運転手にはチップをはずんで降車する。

Eさんのお陰で楽しく充実した観光をすることができた。Eさんに心からお礼を言ってお別れをし、搭乗手続などを済ませ、帰国の途に就いた。

短期間とはいえ、ヨーロッパの歴史・文化に対する興味が深まったばかりか、絵心を誘う数多くの美しい風景に魅了された。私にとって誠に有意義で忘れ難い旅だった。

ムンク美術館を訪ねて

今回は、ノルウェーの首都オスロの市立ムンク美術館を訪ね、エドヴァルド・ムンクの作品を鑑賞したときの感想を綴ってみたい。

二〇一九年夏の朝、私は、オスロ在住のT夫人の案内で、知人のNさんと共にムンク美術館に向かった。

最寄りの地下鉄トイエン駅で下車。数分歩いて美術館に到着。開館約三〇分前だったが、既に数人がチケット売り場の前で列を作っていた。列に並んでいると、日本人十数人のツアー客がやって来た。

ツアーガイドが、美術館前で待ち時間を利用して、ツアー客に日本語でムンクや美術館の設立経緯などについて説明を始めた。ガイドの声がよく通るため、自然にその内容が耳に入る。

ムンクは、一八六三年、現在のオスロ北方の村ローテンで軍医クリスチャン・ムンクの第二子として生まれた。五歳の時に母が結核で世を去り、一四歳の時に一五歳の姉も結核で死亡。ムンクは亡き母や姉の死の影を追いながら絵を描くことで魂を癒やした。二六歳の時にノルウェーの政府奨学生としてフランスに留学し、ゴーギャンやゴッホの作品等から影響を受けた。一時期、精神を患いながらも多くの絵を描き続けた。八〇歳で死去。

ムンクの死後、ムンクの版画・絵画など約二万点がオスロ市に寄贈された。ムンク生誕一〇〇周年に当たる一九六三年、これらの作品を展示するためにムンク美術館が開設された。もっとも開館当初から、数多くの作品の収蔵・展示スペースが不足していたため、美術館の増改築が迫られていたが、オスロ市にはその予算がなかった。

一九九一年には、出光興産の子会社がオスロ市と美術館メンバーシップ契約を結び、美術館の増改築費用の半額を負担することになり、一九九四年には美術館の増改築が完了した。

訪問当時、オスロ中央駅付近で新ムンク美術館が建設中で、現美術館は二〇一九年末に

ムンク美術館

閉館し、新美術館に移転する計画だった（新美術館が実際に開館したのは二〇二一年春）。

午前一〇時、美術館が開館。チケットは一枚一二〇クローネ（約一五〇〇円）だ。チケットを購入して入館する。荷物をロッカーに預けた後、セキュリティチェックを済ませ、展示スペースに入った。

真っ先に目に入ったのは、ムンクの代表作「叫び」だった。

一九一〇年作のテンペラ・油彩画（八三・五cm×六六cm）で、ムンクが終生手放すことなく手元に置いていた作品だという。

波打つ赤い空、そして不気味なフィヨルドの海を背景に、手すり付きの遊歩道に立つ男がこちらを見ている。男は、驚愕の表情を浮かべ、死の恐怖におびえながら耳を塞いでいる。正に、生への不安をいつも抱えていた病弱のムンク本人ではないか、そう思えてくる。斜めの手すりの直線が、背景の揺らめく曲線を際立たせて、見る者の不安感を煽るようだ。二人の人物がムンクの怯えなど無視するかのように歩いている。それが一層ムンクの不安を増幅しているようだ。

ムンクは、この作品に関し、「私はふたりの友人と道を歩いていた。日が沈んだ。空が突然血のようになった。（中略）どす黒いフィヨルドと町の上に滴る血のような雲がかかっていた。友人は歩き続け、私は胸に広がる傷を負いながら、慄いていた。大きな叫びが自然を通り抜けた」と記している。「叫び」が「恐怖という目に見えない内面世界を視覚化した作品」だといわれる所以なのだろう。波打つタッチや誇張された遠近表現は、ゴッホの「星月夜の糸杉

叫び

のある道」（一八九〇年）からの影響を受けているという。

作家でドイツ文学者の中野京子は、「叫び」の男について、「両目を釦みたいに真ん丸に見開き、鼻の孔もいっぱいに広げ、頬がこけるほど口を大きくあけているのは、聞くまいとする自然の叫びに激しく共鳴し、自らも声にならない悲鳴を上げ続けているせいだ。いや、もしかすると自然を駆け抜けるその声自体、本人が知らずに上げていた恐ろしい叫びだったかもしれない」と書いている。

なお、「叫び」は、当日展示されていた作品のほかに三点ある。

一つは、オスロ国立美術館所蔵の一八九三年作のテンペラ・クレヨン画（九一cm×七三・五cm）で、オリジナルとされており、サイズが一番大きい作品だ。次の一点は一八九三年作のクレヨン画（七四cm×五六cm）で、オスロ市立ムンク美術館が所蔵している。残りの一点は一八九五年作のパステル画（七九cm×五九cm））で個人蔵だという。

とにもかくにも、一度見たら忘れることができない絵だった。

「叫び」のほかに印象に残った作品を何点か紹介したい。

まず「マドンナ」（一八九四年、九〇cm×六八・五cm）である。

ムンクの愛に関する連作の中心的な作品で、「愛する女」というタイトルも付けられていたという。

マドンナ

絵を観ると、赤いベレー帽の女性が、裸体で顔を斜め上にし、体を少しねじって官能的なポーズを取っている。目は閉じられ、瞑想しているようだ。帽子の赤色が長い黒髪と相まって絵を引き締めていた。乱れ髪が観る者により官能的な印象を与える。性愛行為の直後の様子あるいは受胎の瞬間を描いた作品だからかも知れない。

ムンクは、ベルリンで、社会の規範にとらわれず自由を求めて活動する芸術家たちと交流を深め、愛くるしい美貌と知的な魅力で彼らの心を捉えたダグニー・ユールに恋をした。彼女は、ノルウェー首相の姪で、誰とでも関係を持つ奔放な恋愛観の持ち主だった。そのため、「マドンナ」のモデルはダ

マラーの死

グニーだといわれている。ムンクは、この絵に「あなたの顔は地上のあらゆる美を湛えている。熟しつつある果実のような深紅色をした唇は、まるで痛みのためにあるように、わずかに開く。（中略）死んだ幾千もの世代と、これから生まれる幾千もの世代とを鎖で結びつけるのだ」と散文詩をつけた。

次は「マラーの死」（一九〇七年、一五三cm×一四九cm）である。

作品を観ると、若くて病的な裸婦が直立の姿勢で立っている。その背後には、裸体の男がベッドに横たわり、その右腕がベッドから垂れ下がっている。傍には幾つもの血痕。それが赤いバラのように見える。なんとも凄惨な情景だ。

画家ジャック＝ルイ・ダヴィドは、フランス革命の指導者ジャン＝ポール・マラーが反対派の女性に暗殺された事件を題材として「マラーの死」を描いた。ムンクは、この作品に恋人トゥラ・ラーセンとの間に起こった拳銃暴発事件を重ね合わせ、自らをマラーに見立て「性」の殉教者として「マラーの死」を描いたという。

拳銃暴発事件とは、恋人トゥラがムンクに自殺を仄めかしながら、銃を片手に結婚を迫り、ムンクと揉み合った際、拳銃が暴発し、ムンクの左手中指が銃弾で砕かれた事故のことである。この事故のため、ムンクは、中指の第一関節の切断を余儀なくされ、以後人前で左手を隠すようになったという。

次は現在「吸血鬼」と呼ばれている作品（一八九三年、七七・五cm×九八・五cm）である。この作品は、絵を見た小説家プシビシェフスキーが「男の首に嚙みつく吸血鬼」だと述べたことに由来するが、当初は「愛と痛み」と名づけられていたという。

美術館の冊子を読みながら、作品を観ると、ムンクの愛の遍歴と苦悩がなんとなく感じられた。

なお、冊子では「ムンクの作品の中の多くの女性はムンクが女嫌いだと思わせる。『吸

吸血鬼

血鬼』として描かれている女性も一瞥するとそのような見方ができるだろう。罪のシンボルである血のような赤い髪の女性が男の血を吸い、男の生命力が失われつつあるが、注意深く観ると、単なる生と死のもがき以上のものが描かれている。女性が愛する男を慰め護り、男が女性に身を任せているのだ。このような複雑で不明瞭な構図はムンクの女性に対する考え方の表現でもある」と解説されていた。

次は「病める子」（一九二五年、一一七・五cm×一一六cm）である。

亡き姉ソフィエの死をモチーフにした作品だ。

結核と戦う気力をなくした姉を叔母が介護する病室の情景が描かれている。よく観ると、蒼白い頬の姉の目は、悲しみに暮れる介護者をむしろ慰め、慈愛の心で包んでいるようだ。絵全体が写実的でなく、荒っぽい感情にまかせた筆使いがよりその感を強くする。ムンクの悲しみの深さと共に病的な美しさが伝わってくる作品だ。

病める子

この作品と全く同じモチーフの「病める子」（一八八五年〜一八八六年、一二〇cm×一一八・五cm）がオスロ国立美術館に所蔵されているが、ムンク美術館の「病める子」の方がムンクの内面がより深く表現されているように思う。

女性を描いた印象派風の作品が目にとまった。

ムンク作品の一般的なイメージとは全

カーレン・ビョルスタ

く違うが、正真正銘ムンクの作品。「カーレン・ビョルスタ」（一八八八年、五四・五cm×三七・〇cm）というタイトルで、育ての親で叔母のカーレンを描いたものだ。青年時代にクリスチャニア（現在のオスロ）の保守的な画学校で絵画の基礎技術を学んだムンクにとって、このような具象画も描くことは容易なことだったに違いない。

この作品を観た後、「叫び」の展示コーナーに引き返すと、見学者が順次、「叫び」の前に立ち、両手で耳を塞ぎ、「叫び」の男のマネをして記念撮影に興じていた。私も順番を待ち、同じように記念撮影を済ませた。

T夫人が、

「見学者が屢々《しばしば》見落とすのが、ムンクの『太陽』です。隣の会議室に展示されていますの

太陽

で是非ご覧になってください。オスロ大学の講堂に飾られていた壁画です」

と言って、会議室に案内してくれた。

展示されていた「太陽」(一九一一年)は、縦が四・五五メートル、横が七・八メートルもある大壁画だった。「叫び」とは全く印象が異なる。地平線から昇る太陽を真正面から捉えた大作だ。明るい強烈な光が迫ってくる。生命の輝きすら感じられる。希望に満ち、正に大学の講堂に飾るのに相応しい。

後藤文子教授によると、「中央で強烈な光線を放つ太陽。そこには、機械化では不可能な、生命体にとって根源的な光のエネルギーへの関心が見てとることができる」という。

付言すると、一九一一年の創立一〇〇周年にオスロ大学の講堂に飾る壁画のコンペが開催され、これに応募した二二人の画家の中からムンクが選ばれた。ムンクの描いた壁画が「歴史」「母校」「太陽」の三点である。講堂には「太陽」を挟んで左右に「歴史」と「母校」が向き合って飾られていたという。

ニーチェの肖像画

元の展示スペースに戻ると、存在感のある男の人物画に惹きつけられた。黒い服を着て厳しい眼差しで思案する姿を描いた作品だ。背景の黄色と赤色のうねるような空は、その人物を一層引き立てている。

作品名は、「フリードリヒ・ニーチェ」（一九〇六年、二〇一cm×一三〇cm）とある。あのドイツの哲学者ニーチェ（一八四四年～一九〇〇年）ではないか。ムンクとはどんな関係があるのか。そのときは全く分からなかったが、強く印象に残った。

調べると、ムンクは、ニーチェの妹と親しい間柄にあったスウェーデン人の銀行家から亡きニーチェの肖像作品を依頼され、画家ハンス・オルデが生前のニーチェを撮影して銅版画にした肖像をもとにして描いたという。

ムンク自ら、この作品について「私は彼（ニーチェ）を、山々に囲まれて洞窟にこもる詩人ツァラトゥストラとして描きました」と語っている。ムンクは、ニーチェの代表作「ツァラトゥストラはこう言った」（岩波文庫）の読書体験を踏まえて制作したのだという。

ムンクの自画像

その後、T夫人が、ある自画像の前で「珍しいですね。ムンクの晩年の作品ですよ」と教えてくれた。

その絵は、パステル画で、一九四三年、ムンク七九歳の時に描かれたものだった。

ポスター

じっくり観ると、何か怖れたようなムンクの眼がこちらをじっと見ている。ペンだろうか何か細いものを左手の親指と人差し指で挟むようにして持っている。それは何を意味するのか、気になる。不思議な感じがするが、強く心に残った。

因みに、ムンクは、油彩だけでも七〇点を超える自画像を描いているが、版画、素描を含めると、自画像は約二〇〇点にも及ぶという。

振り向くと、壁一面に過去のムンク展のポスターがびっしりと貼られていた。誠に壮観で、ムンクの人気の高さが知れた。

展示スペースを出ると、小さな売店があった。記念に携帯用の絵の具セットを購入し、美術館を後にした。とにもかくにも、ムンク作品が放つ磁力のようなものに魅了された一日だった。

参考文献

『ムンクへの招待』朝日新聞出版
『もっと知りたいムンク』千足伸行・冨田章・東京美術
『ムンク』新潮美術文庫38・解説野村太郎
『運命の絵』中野京子・文春文庫
『知識ゼロからの西洋絵画入門』山田五郎・幻冬舎
『世界名画の旅　5ヨーロッパ北部編』朝日新聞日曜版

挿画等解説

「トロンハイム遠望」　２０１９年

トロンハイムは、ノルウェー第三の都市で、かつて首都だった（本文一六九頁参照）。街の東側の丘にはクリスチャン要塞が聳えている。ここからニーダロス大聖堂の尖塔や市街地の街並みが一望できる。その眺望を描いた作品。本書のブックカバーに使用。

「ブリュージュ運河と聖母教会」　２０１９年

ベルギー・ブリュージュ歴史地区（本文一七七頁参照）の「愛の湖」に沿って歩くと、聖母教会の尖塔が木々の間から見えてきた。手前の運河の橋と尖塔と木々とのバランスが良く、美しい眺めだった。

「ノルウェー遠望」　２０２０年

ノルウェーの首都オスロからベルゲン行のスカンジナビア航空便に搭乗し、着陸前に上空から見た雄大な風景を描いた作品。ベルゲンはノルウェー第二の都市で、映画「アナと雪の女王」のモデルタウンとなった港町（本文一六〇頁参照）。

「ブリッゲン歴史地区」　２０２０年

ベルゲン・ブリッゲン歴史地区（本文一六一頁参照）のカラフルな三角屋根木造建造物群に感動し、対岸から何枚も写真に収めた。そのうちの一枚をもとに描いた作品。

「ガイランゲルフィヨルド」　２０２１年

ノルウェー・フィヨルド観光のクルーズ船に乗船し、船首からガイランゲルフィヨルド（本文一六七頁参照）の最深部を描いた作品。

「トロンハイムの運河」　２０２０年

トロンハイムの中央駅前から眺めた運河の風景。運河には、数多くの船が所狭しと係留されており、運河沿いに並ぶ倉庫などの建物もカラフルだ。ベルゲンのブリッゲン歴史地区の風情と重なる。

「アムステルダムの街」　２０２０年

オランダ・アムステルダム中央駅からトラムに乗って国立美術館に行く途中に見た街

の風景。橋の欄干には色とりどりの自転車が駐輪され、可愛くもあり、絵心を誘う。

「パリ遠望」　２０２０年

モンマルトルの丘から見たパリの市街地を描いた作品。

かつてモンマルトルのアパートで暮らしていたゴッホが「パリの屋根」（１６８６年）を描いている。この作品と同じ風景だが、今は当時と違い、遠方に近代的なビル群が見える。

「霧島連峰」　２０１９年

初冬の夕刻、鹿児島空港から伊丹空港行きの飛行機の窓から眼下を望むと、霧島連峰の新燃岳から噴煙が上がり、山々の頂や空が夕日に染まっていた。その感動を伝えたい。その思いで描いた。

「長門海岸」　２０２０年

長門・碧濤台からの眺望を描いた作品。

碧濤台から一六羅漢、変装行列、カモメなどの奇岩跡群や相島、尾島を眺めることができる。その眺望は、水墨画を見ているようで、文句なしの絶景だ。

「香嵐渓の紅葉」　２０１６年

香嵐渓は愛知県豊田市にある。東海地方随一の紅葉の名所。最盛期には四〇〇〇本の紅葉が色付き、足助川の渓流に紅葉が映える様は美しい。

初出誌

「宮中儀式・行事を垣間見て」（千里眼一五〇号）・「企業のコンプライアンスと不祥事対応」（ビジネス・ロージャーナル一四五号）・「刑事部長」（弁護士法人淀屋橋・山上合同HP）・「カルロス・ゴーンの国外逃亡」（千里眼一五二号）・「土壌汚染」（千里眼一五四号）・「ウニとアワビ」（草莽の寄合談義四九号）・「自殺サイト」（草莽の寄合談義四六号）・「オレオレ詐欺」（千里眼一四七号）・「罪を犯した人の更生」（草莽の寄合談義四八号）・「死体解剖」（弁護士法人淀屋橋・山上合同HP）・「通信傍受」（弁護士法人淀屋橋・山上合同HP）・「国会質問」（千里眼一五三号）・「コロナ禍の生活」（草莽の寄合談義四七号）・「ノルウェーの旅(1)」（千里眼一四八号）・「ノルウェーの旅(2)」（千里眼一四九号）・「ベルギーの旅」（法曹八三六号）・「ムンク美術館を訪ねて」（千里眼一五一号）

中尾　巧（なかお・たくみ）
弁護士（弁護士法人淀屋橋・山上合同顧問）。
東京地検検事任官。法務省訟務局租税訟務課長、大阪地検刑事部長・次席検事、金沢地検検事正、法務省入国管理局長、大阪地検検事正、札幌・名古屋・大阪各高検検事長等を歴任。2010年弁護士登録後、上場企業の社外役員や法律顧問、国立大学法人神戸大学理事、関西大学客員教授などを務める。著書『法曹漫歩』『検事長雑記』『検事長余話』（以上中央公論新社）、『弁護士浪花太郎の事件帖』（法学書院）、『検事の風韻』（立花書房）、『税務訴訟入門・第５版』（商事法務）、『中之島の風景』（商事法務）、『検事はその時』（PHP研究所）、『中尾巧水彩画展作品集Ⅰ・Ⅱ・Ⅲ』（ハル）など。

法曹一路《ほうそういちろ》

2021年８月10日　初版発行
2021年９月25日　再版発行

著　者　中尾《なかお》　巧《たくみ》
発行者　松田陽三
発行所　中央公論新社
〒100-8152　東京都千代田区大手町1-7-1
電話　販売 03-5299-1730　編集 03-5299-1740
URL　http://www.chuko.co.jp/

ＤＴＰ　今井明子
印　刷　大日本印刷
製　本　小泉製本

Published by CHUOKORON-SHINSHA, INC.
Printed in Japan　ISBN978-4-12-005454-9　C0095